FICHES DE MÉMORISATION ACTIVE

Collection dirigée par Bruno Laurent

MATHÉMATIQUES

5e/Cycle 4

Nathalie Ballesta

Professeur certifié de Mathématiques – Académie de Montpellier

ellipses

Dans la collection
Fiches de mémorisation active

Retrouvez tous les livres de la collection sur www.editions-ellipses.fr

ISBN 9782340-060890

8/10 rue la Quintinie 75015 Paris

www.editions-ellipses.fr

Présentation de la collection

Les ouvrages de cette collection ont pour objet de **faciliter la mémorisation des cours**, afin de préparer les évaluations dans de bonnes conditions.

Cette méthode permet un **véritable ancrage des connaissances** à court, moyen et long terme avec un mode de mémorisation (**actif**) plus proche de celui reconnu comme pertinent par les **sciences cognitives**.

Cette **mémorisation rapide** (quelques minutes par jour) **et efficace** (progressivement l'élève améliore ses performances, se rend compte qu'il répond à un nombre croissant de questions et gagne en confiance) peut être réalisée sur **l'ensemble du programme**.

L'utilisation de ces ouvrages peut se faire **seul** (l'élève lit les questions et ne regarde les réponses qu'après en avoir proposé une), **avec un répétiteur** (parent, ami, camarade **ayant des compétences ou non dans la matière**, qui lit les questions et attend de l'élève des réponses comportant les mots-clés), **ou en groupe** (les élèves se questionnent successivement sur les parties du programme).

Chaque chapitre présente des questions de difficultés croissantes pour permettre à tous les élèves de progresser à leur rythme. Chaque chapitre se termine par des questions qui portent sur un **document incontournable** du programme (afin de solliciter la mémoire visuelle) et par un **texte permettant de mettre en relation les connaissances** questionnées.

Bonne mémorisation.

Bruno LAURENT

Avant-propos

Les fiches de révisions apprises tardivement en les répétant inlassablement (sans forcément les comprendre) ne donnent que des résultats mitigés à court terme et de très mauvais résultats à moyen et long terme. L'objectif de ce livre est de réaliser un **véritable ancrage des connaissances** à travers un mode de mémorisation plus proche de celui reconnu comme pertinent par les sciences cognitives.

Ce livre permet d'avoir une vision **globale, rapide et efficace de l'ensemble des chapitres du programme** de mathématiques. Les fiches de mémorisation sont **classées par chapitres et par niveaux de difficultés :**

- le **niveau basique** (avec une aide) permet de rappeler quelques éléments de base sur le sujet ;
- le **niveau intermédiaire** est celui qui est requis pour le niveau 5e ;
- le **niveau expert** va au-delà des connaissances du strict niveau exigé.

Quel que soit votre niveau initial, il est conseillé de vous questionner **par ordre croissant de difficultés**. Cela permet non seulement un « échauffement » dans le chapitre étudié mais également de faire du lien entre les différentes notions étudiées (tellement important dans les phases de mémorisation). Les questions « expert » sont à la limite supérieure des programmes. En fonction de vos envies et besoins, vous choisirez donc de les aborder ou non.

Le format de ce livre permet de revoir rapidement (**en une dizaine de minutes**) et efficacement un chapitre complet. L'important est de réaliser ce travail de questionnement **souvent** (on parle de **multi-testing** en sciences cognitives) et non pas une seule fois juste avant un examen.

Pour vous convaincre, observez la courbe empirique de l'oubli construite par le professeur Ebbinghaus en 1885 : plus le nombre de rappels est important plus la mémorisation est complète.

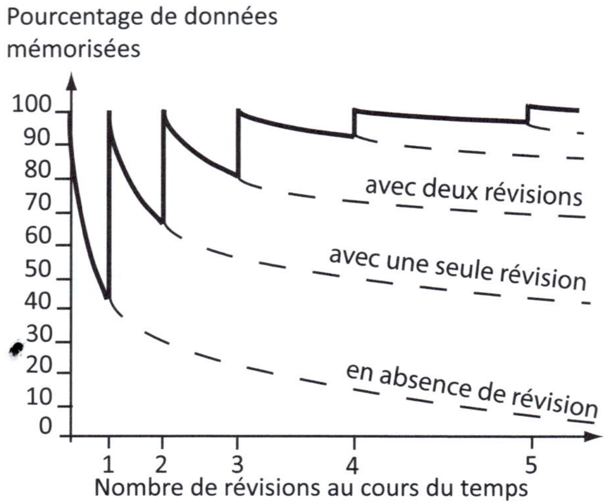

La probabilité de restitution correcte après quelques heures et quelques jours devient particulièrement faible en absence de révision.

Chaque révision permet non seulement un ancrage plus important des informations, mais devient de plus en plus facile. Vous créez du lien entre vos différentes connaissances et il devient plus aisé d'en acquérir de nouvelles.

Il est vivement conseillé d'utiliser ce livre en se posant les questions **à haute voix** (si l'environnement le permet). Organisez **des séances de questions/réponses par petits groupes d'élèves** de même niveau ou de niveaux très différents. **Vos proches** (parents, frères, sœurs, amis) pourront également vous aider. Les réponses sont relativement courtes. Ainsi**, une personne qui ne connaît pas la réponse peut vous la lire** après que vous lui ayez ou non proposé la vôtre.

Lorsque vous utilisez ce livre (seul ou en groupe) :

- Posez-vous la question (page de gauche) en cachant la réponse (page de droite).
- Essayez d'y répondre directement avec ou sans argumentation.
- Lisez la correction sur la page de droite (en neuro-cognition on parle de feed-back proche) : les mots-clés sont indiqués en caractères gras.
- En fonction de votre niveau notez sur une page à part ou directement sur le livre au crayon les numéros des questions difficiles qu'il faudra revoir.
- Pour aller plus rapidement lors d'une révision express, limitez-vous aux mots-clés des réponses.
- Si vous avez des doutes sur la pertinence d'une réponse, vérifiez qu'elle comporte bien les mots essentiels.

Sommaire

Chapitre 1

Les nombres relatifs

Sous-chapitre 1

Niveau basique

Questions

1. Sur quel bouton appuie-t-on si on veut aller au 3e étage ?

   Aide : *bouton de l'ascenseur.*

2. Sur quel bouton appuie-t-on pour aller au 4e sous-sol ?

   Aide : *ascenseur.*

3. Quel nombre représente une perte de 5 € ?

   Aide : *l'argent tombe de la poche.*

4. Quel nombre représente un gain de 15,24 € ?

   Aide : *une personne vous donne de l'argent.*

5. Quel est le repère pour une altitude nulle ?

   Aide : *altitude égale à 0.*

6. Quel nombre représente une altitude de 853 mètres ?

   Aide : *est-ce que vous êtes au-dessus du niveau de la mer ?*

Niveau intermédiaire

Questions

Traduire les 5 expressions suivantes par un nombre relatif :

1. Une profondeur de 560 mètres. – 560
2. 86 ans après Jésus-Christ. + 86 / 86
3. 19 °C en dessous de zéro. – 19

Découverte

Niveau basique

Réponses

1. 3 ou +3
Remarque : suivant les ascenseurs, il y a un plus ou pas.

2. –4
Remarque : on descend sous la chaussée/sous la route…

3. –5
Remarque : en perdant 5 € j'ai 5 € de moins qu'avant.

4. +15,24
Remarque : on me donne de l'argent donc j'en ai plus !

5. **Le niveau de la mer.**

6. +853
Remarque : Je suis 853 mètres au-dessus du niveau de la mer.

Niveau intermédiaire

Réponses

Nombres relatifs correspondants :

1. **–560** (Je suis 560 mètres en dessous du niveau de la mer.).
2. **+86** (La naissance de Jésus-Christ est le 0.).
3. **–19.**

Questions

4. 64 ans avant Jésus-Christ. – 64

5. 38 °C au-dessus de zéro. + 38

6. Qu'est-ce qu'un nombre relatif positif ? +

7. Qu'est-ce qu'un nombre relatif négatif ? –

8. Quel est le signe de 0 ?
+ ou –

9. De quoi est constitué un nombre relatif ?

10. Peut-on enlever le signe devant un nombre relatif positif ?
oui

11. Peut-on enlever le signe devant un nombre relatif négatif ?
non

12. Quelle est la distance à zéro du nombre –7,98 ?
7,98

13. Quel est le signe du nombre –7,98 ?
–

14. Quelle est la distance à zéro du nombre 18 ?
– 18

15. Quel est le signe du nombre 18 ?
+

16. Que veut dire « nombres relatifs opposés » ?
cela veut dire la distance du nombre pour aller à 0

17. Quel est l'opposé de 7,3 ? – 7,3

18. Quel est l'opposé de –5,61 ? + 5,61

Niveau expert

Questions

1. Qu'est-ce qu'un nombre entier relatif ?

Réponses

4 **–64** (C'est 64 ans avant la naissance de Jésus-Christ.).

5 **+38.**

6 **Un nombre relatif avec le signe +.**

7 **Un nombre relatif avec le signe –.**

8 0 est à la fois **positif et négatif**.

9 De **son signe** (positif (+) ou négatif (–)) **et de sa distance à zéro** (la partie numérique, autrement dit le nombre sans le signe).

10 **Oui**, on peut enlever le +. Par exemple +45,6 ou 45,6 sont deux écritures du même nombre.

11 **Non**, nous ne pouvons pas car on pourrait le confondre avec un nombre relatif positif. Le signe – est obligatoire.

12 **7,98** (il est éloigné de 0 de 7,98 unités de longueur).

13 C'est un **nombre négatif** donc son signe est –.

14 **18** (il est éloigné de 0 de 18 unités de longueur).

15 C'est un **nombre positif** même si son signe n'est pas écrit, donc son signe est +.

16 Ce sont deux nombres relatifs qui ont la **même distance à zéro et sont de signes contraires.**

17 **–7,3** (même distance à zéro donc 7,3 et signe opposé donc –).

18 **5,61** (même distance à zéro donc 5,61 et signe opposé donc + que l'on n'est pas obligé d'écrire).

Niveau expert

Réponses

1 Un entier relatif est **un nombre relatif qui est entier.** (Autrement dit un nombre sans virgule qui est soit positif, soit négatif.).

Questions

2. Est-ce qu'un nombre sous forme de fraction est un nombre relatif ?
3. Est-ce qu'une fraction peut être négative ?
4. Est-ce que π est un nombre relatif ?
5. Est-ce que –4,79 est un entier négatif ?

Réponses

2. **Oui**, une fraction est un nombre !
3. **Oui**, elle peut s'écrire avec le – devant ou au numérateur ou au dénominateur.
4. **Oui**, c'est un nombre qui ne se termine jamais mais un nombre quand même !
5. **Non**, c'est un nombre négatif mais il n'est pas entier.
   C'est un nombre décimal négatif.

Sous-chapitre 2

Niveau basique

Questions

1. Que veut dire comparer ?

   Aide : *faire un exemple avec 3 et 4, qui est le plus grand ?*

2. Comparer +4 et +5,67.

   Aide : *Qui est le plus grand ?*

3. Comparer 4 et +4.

   Aide : *Qui est le plus grand ?*

4. Comparer −2 et +3.

   Aide : *Qui est le plus grand ?*

5. Comparer 2 et −3.

   Aide : *Qui est le plus grand ?*

Niveau intermédiaire

Questions

1. Quelle est la règle pour comparer un nombre positif et un nombre négatif ?
2. Quelle est la règle pour comparer deux nombres relatifs positifs ?
3. Quelle est la règle pour comparer deux nombres relatifs négatifs ?

Comparaison

Niveau basique

Réponses

1. **Cela signifie qu'il faut dire quel nombre est le plus grand** (supérieur) **ou le plus petit** (inférieur).

2. **+4 < +5,67** (+4 est inférieur à +5,67).

3. **4 = +4** (on peut enlever le signe + devant un nombre positif).

4. **–2 < +3** (–2 est inférieur à +3).

5. **2 > –3** (2 est supérieur à –3).

Niveau intermédiaire

Réponses

1. **Un nombre positif est toujours supérieur à un nombre négatif.**

2. Le nombre le plus grand est celui qui est **le plus éloigné de 0.**

3. Le nombre le plus grand est celui qui est **le plus proche de 0.**

Questions

4 Qu'est-ce qu'une droite graduée ?

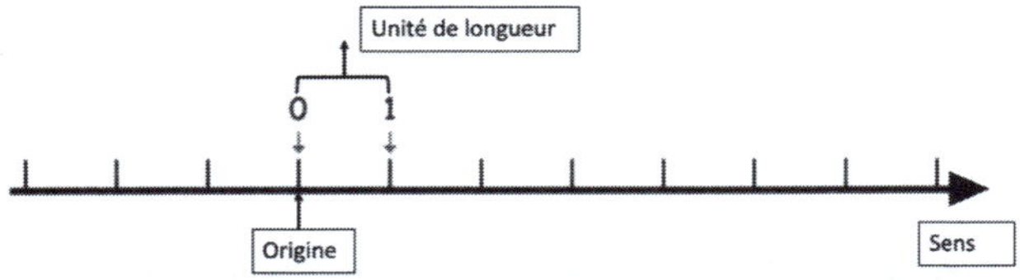

5 Qu'est-ce que l'abscisse d'un point ?

l'endroit du point sur une droite gradué

6 Placer les abscisses 3 et 4,5 sur une droite graduée et les comparer à l'aide de la droite.

4,5 > 3

7 Placer les abscisses 4 et –2 sur la droite graduée et les comparer à l'aide de la droite.

4 > -2

8 Placer –2,5 et –5 sur la droite graduée et les comparer à l'aide de la droite.

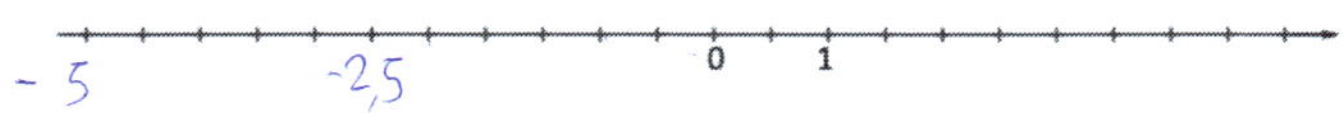

-2,5 > -5

Niveau expert

Questions

1 Le point A a pour abscisse 4,5, quelle est la notation mathématique pour écrire l'abscisse d'un point ? A (4,5)

2 Soit les points C et F d'abscisses respectives –3,7 et –5,6.
Comparer C et F.

-3,4 > -5,6

3 Citer une règle générale pour comparer deux nombres relatifs quel que soit leur signe. le plus grand

4 Quelle est la particularité de deux points opposés sur une droite graduée ?

symétrique par rapport à l'origine de la droite

Réponses

4 On appelle droite graduée, une droite sur laquelle on fixe :
- Un point appelé **origine de la droite** graduée (le 0)
- **Un sens** (la flèche indique les nombres les plus grands)
- **Une unité de longueur** que l'on reporte régulièrement à partir de l'origine.

Ces **3 informations sont nécessaires** pour construire correctement une droite graduée.

5 C'est **l'endroit du point sur la droite graduée.** Autrement dit sa place sur la droite. L'abscisse est unique et peut s'écrire de plusieurs façons (nombre entier, décimal, fractionnaire…).

6 **3 < 4,5** ; 3 est inférieur à 4,5 car 4,5 est le plus éloigné de l'origine.

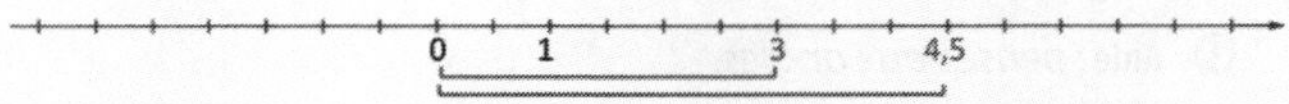

7 **4 > −2** (supérieur) car 4 est positif et donc à droite de l'origine.

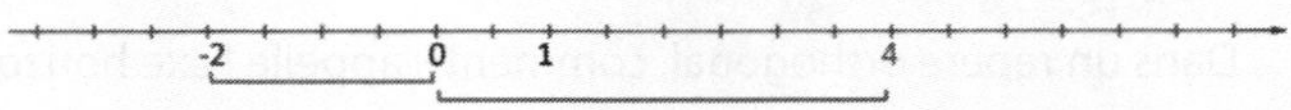

8 **−2 > −5** (supérieur) car −2 est le plus proche de 0.

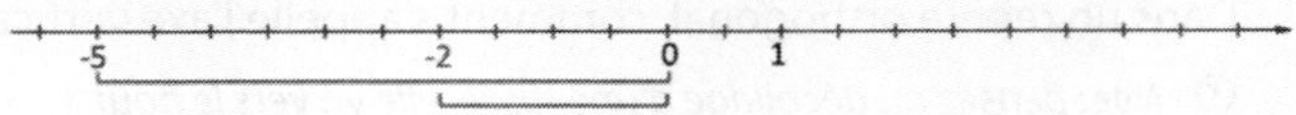

Niveau expert

Réponses

1 **A (4,5).**

2 C et F ont des abscisses négatives, donc le plus grand est celui qui est le plus près de l'origine (0).
C est plus près de 0 que F donc **C > F.**

3 **Le nombre relatif le plus grand est celui qui est le plus à droite sur une droite graduée.**

4 Ils sont **symétriques par rapport à l'origine de la droite.**

Sous-chapitre 3

Niveau basique

Questions

1. Dans un repère orthogonal, les deux droites sont perpendiculaires. Que cela signifie-t-il ?

   Aide : *pensez aux angles.*

   angles droits

2. Comment appelle-t-on les droites d'un repère orthogonal ?

   Aide : *il y en a deux.*

   absi axes du repère

3. Dans un repère orthogonal, comment s'appelle l'axe horizontal ?

   Aide : *horizontal peut être un synonyme de plat, comme le niveau de la mer quand on regarde un coucher de soleil.*

   abscisse

4. Dans un repère orthogonal, comment s'appelle l'axe vertical ?

   Aide : *pensez au décollage d'une fusée, elle va vers le haut.*

   ordonnée

5. Qu'appelle-t-on coordonnées d'un point dans un repère ?

   Aide : *elles sont composées de deux nombres relatifs.*

   abscisse et ordonnée

6. Pour écrire les coordonnées d'un point dans un repère orthogonal, que cite-t-on toujours en premier ?

   Aide : *quel est le premier mot dans l'ordre alphabétique, abscisse ou ordonnée ?*

   abscisse

Repérage

Niveau basique

Réponses

1. **Les deux droites se coupent en formant un angle droit.** Autrement dit l'angle entre les deux droites est égal à 90°.

2. On les appelle les **axes du repère.**

3. C'est **l'axe des abscisses.**
Aide-mémoire : on termine de former la lettre a de manière horizontale donc l'axe des abscisses est horizontal. 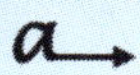

4. C'est **l'axe des ordonnées.** On termine de former la lettre o vers en haut donc l'axe vertical est celui des ordonnées. 

5. Les coordonnées sont **l'abscisse et l'ordonnée du point dans un repère.**

6. On cite toujours **l'abscisse en premier.**

Niveau intermédiaire

Questions

1 Le point N a pour abscisse 4 et pour ordonnée –2. Quelle est la notation mathématique pour écrire les coordonnées d'un point ?

N (4 ; –2)

2 Donner les coordonnées du point A représenté dans le repère ci-dessous :

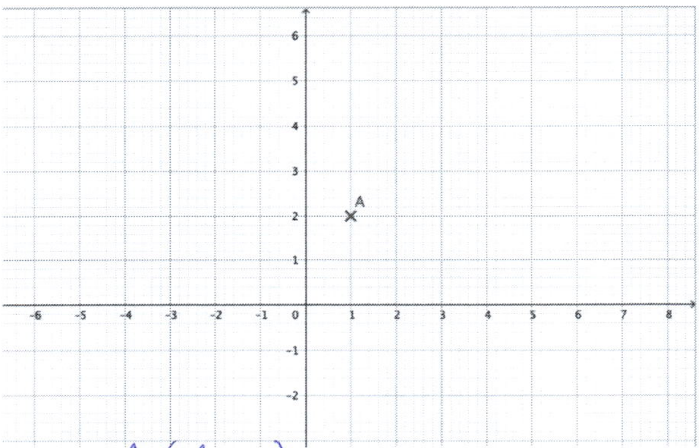

A (1 ; 2)

3 Donner les coordonnées du point T représenté dans le repère ci-dessous :

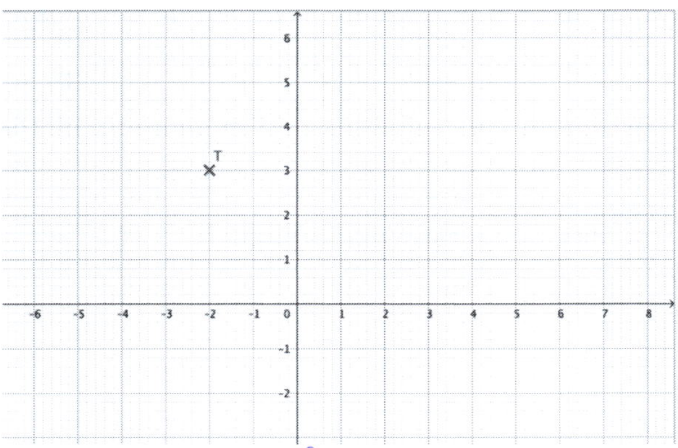

T (-2 ; 3)

Niveau intermédiaire

Réponses

1. **N (4 ; –2)**
On écrit le nom du point puis entre parenthèses l'abscisse et l'ordonnée séparées par un point-virgule.

2. **A (1 ; 2)**

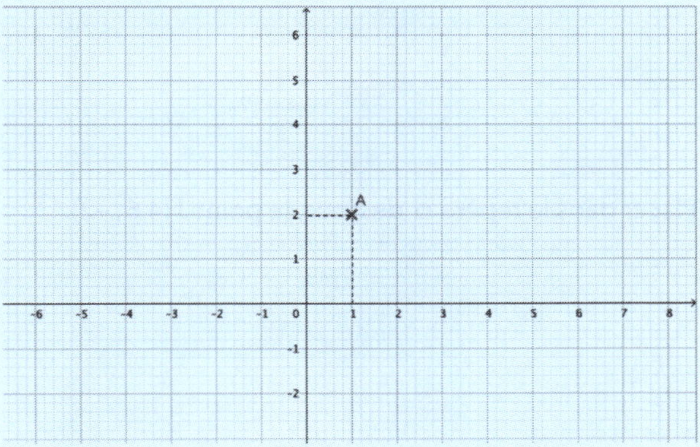

3. **T (–2 ; 3)**

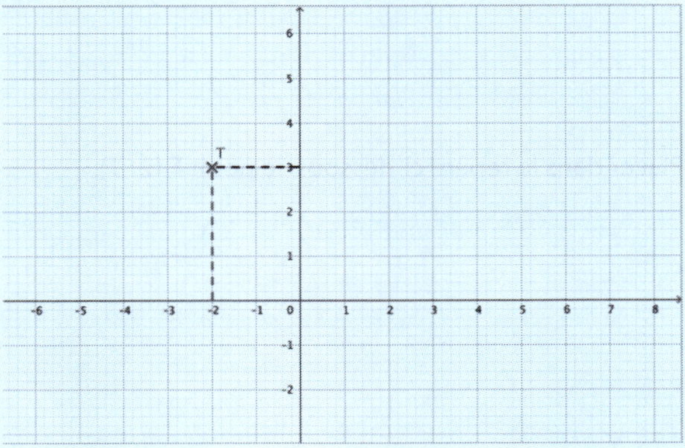

Questions

4 Donner les coordonnées du point S représenté dans le repère ci-dessous :

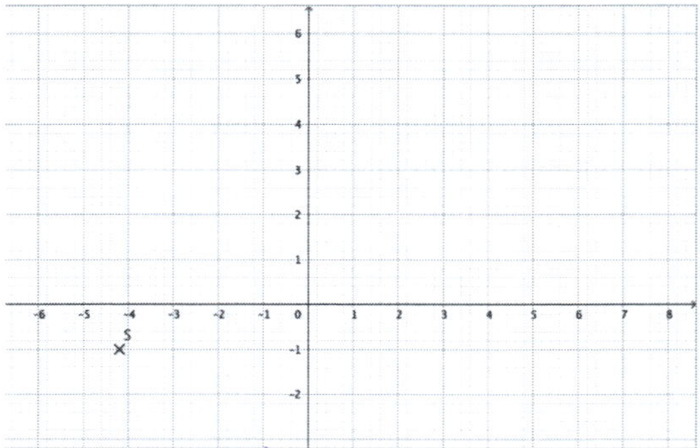

(-4 ; -1)

5 Placer dans le repère ci-dessous, le point J (4,6 ; –2).

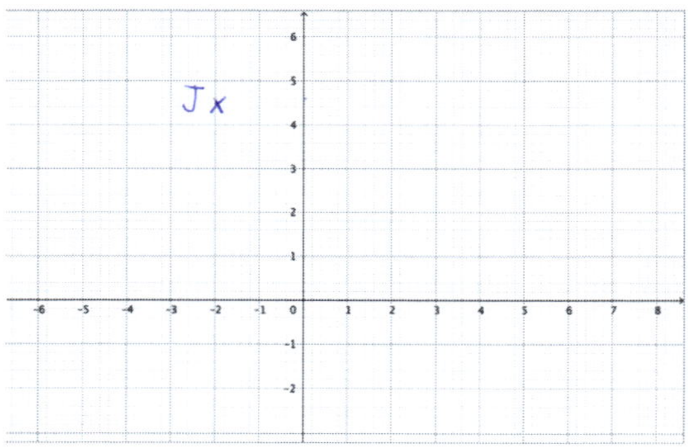

6 Placer dans le repère ci-dessous, le point F (2 ; 1).

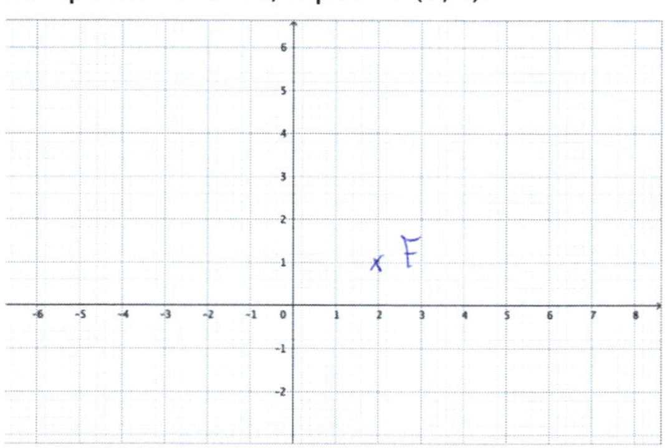

7 Dans un repère, où se situe un point qui a une ordonnée négative ?

Réponses

4 **S (–4,2 ; –1)**

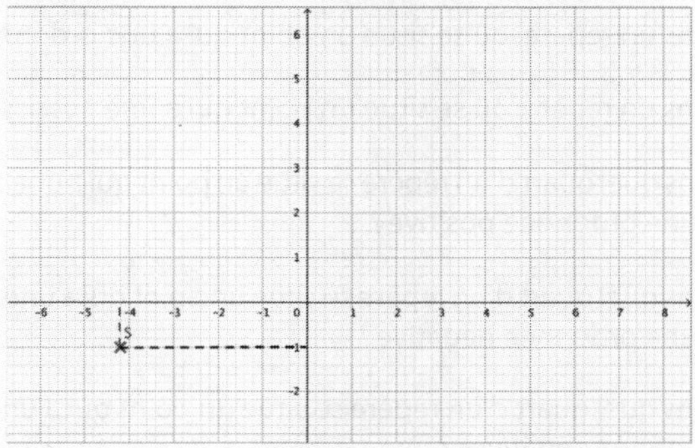

5 L'abscisse du point **J est 4,6 et l'ordonnée est –2.**

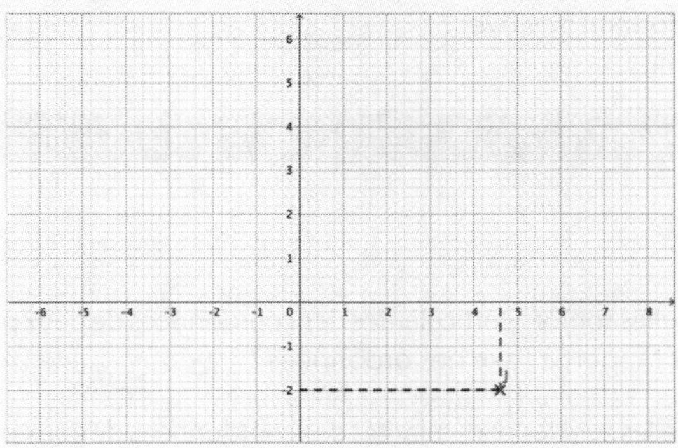

6 **L'abscisse du point F est 2 et l'ordonnée est 1.**

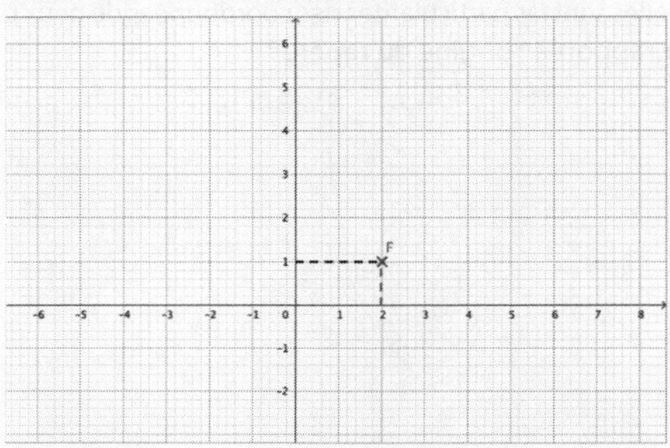

7 Il se situe **en dessous de l'axe des abscisses.**

Questions

8 Dans un repère, où se situe un point qui a une abscisse positive ?
à droite de l'axe des ordonnées

9 Dans un repère, où se situe un point qui a une ordonnée positive ?
au dessus de l'axe des abscisses

10 Dans un repère, où se situe un point qui a une abscisse négative ?
à gauche de l'axe des ordonnées

11 Dans quel quart d'un repère se situe un point qui a une abscisse négative et une ordonnée positive ?
en haut à gauche du repère

12 Dans quel quart d'un repère se situe un point qui a une abscisse positive et une ordonnée négative ?
en bas à droite du repère

13 Dans quel quart d'un repère se situe un point qui a une abscisse et une ordonnée négatives ?
en bas à gauche du repère

14 Dans quel quart d'un repère se situe un point qui a une abscisse et une ordonnée positives ?
en haut à droite du repère

Niveau expert

Questions

1 Quelles sont les particularités des coordonnées de deux points symétriques par rapport à l'axe des ordonnées ? leurs abscisses sont opposés et leurs ordonnées sont égales.

2 Quelles sont les particularités des coordonnées de deux points symétriques par rapport à l'axe des abscisses ? leurs ordonnées sont opposés et leurs abscisses sont égales.

3 Quelles sont les particularités des coordonnées de deux points symétriques par rapport à l'origine du repère ?
leurs abscisses et ordonnées sont égales

Réponses

8. Il se situe **à droite de l'axe des ordonnées.**

9. Il se situe **au-dessus de l'axe des abscisses.**

10. Il se situe **à gauche de l'axe des ordonnées.**

11. Il se situe dans **le quart en haut à gauche du repère.**

12. Il se situe dans **le quart en bas à droite du repère.**

13. Il se situe dans **le quart en bas à gauche du repère.**

14. Il se situe dans **le quart en haut à droite du repère.**

Niveau expert

Réponses

1. Leurs **abscisses sont opposées** et leurs **ordonnées sont égales.**

2. Leurs **abscisses sont égales** et leurs **ordonnées sont opposées.**

3. Leurs **abscisses sont opposées** et leurs **ordonnées sont opposées.**

Ce qu'il faut retenir

- Un nombre écrit **sans signe** ou qui comporte un **signe** « + » est un **nombre positif**.
- Un nombre qui comporte un **signe** « – » est un **nombre négatif**.
- Les nombres positifs et les nombres négatifs constituent les **nombres relatifs**.
- 0 est à la fois positif et négatif.
- On appelle les nombres relatifs qui sont entiers les nombres entiers relatifs.
- On appelle **droite graduée** une droite sur laquelle on fixe :
  - un point appelé **origine** de la droite graduée ;
  - un **sens** ;
  - une **unité de longueur** que l'on reporte régulièrement à partir de l'origine.

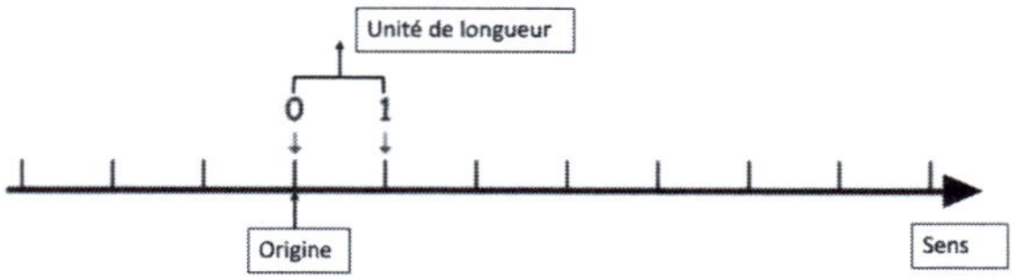

- Sur une droite graduée :
  - chaque point est repéré par un nombre relatif unique appelé l'abscisse du point ;
  - à chaque nombre relatif, on associe un point unique.
- **L'abscisse d'un point est un nombre relatif unique mais qui peut avoir différentes écritures.** Le point d'abscisse –1,5 est le même que $-\frac{3}{2}$ ou $-\frac{15}{10}$ ou encore $-\frac{30}{20}$.
- Deux nombres relatifs qui ont la **même distance à zéro mais des signes contraires** sont des **nombres relatifs opposés** (donc l'opposé d'un nombre positif est négatif et celui d'un nombre négatif est positif).
- L'opposé de 0 est 0.
- **Si deux nombres sont positifs, alors le plus petit est celui qui a la plus petite distance à zéro** (c'est-à-dire celui qui est le plus près de zéro).
- **Tout nombre négatif est inférieur à tout nombre positif.**

- **Si deux nombres sont négatifs, alors le plus petit est celui qui a la plus grande distance à zéro** (c'est-à-dire celui qui est le plus éloigné de zéro).
- Deux droites graduées de même origine et perpendiculaires forment un **repère orthogonal** du plan.
- La droite horizontale est appelée **l'axe des abscisses** et la droite verticale **l'axe des ordonnées**.
- Dans un repère, **tout point du plan est repéré par deux nombres relatifs :**
  - son **abscisse** (toujours citée en premier) ;
  - son **ordonnée** (toujours citée en second).
- **Ces deux nombres s'appellent les coordonnées du point dans le repère.**

Chapitre 2

Proportionnalité

Sous-chapitre 1

Niveau basique

Questions

1 Manon achète 2 litres de jus d'orange pour 2,50 €. Combien va-t-elle payer pour 4 litres de jus d'orange ?

Aide : *pensez au double.*

5 €

2 Juliette aime les jeux vidéo, elle en achète beaucoup. Cette semaine elle a acheté 1 jeu à 55 € et veut en acheter 2 la semaine prochaine. Sachant que les jeux qu'elle veut sont tous au même prix, combien d'argent doit-elle demander à ses parents ?

Aide : *chaque jeu coûte 55 €.*

110 €

3 Voici un tableau représentant le prix de sacs de sable en fonction de la quantité achetée.
Combien coûtent 5 sacs de sable ?

Nombre de sacs de sable	1	3	5	10
Prix en €	2,75	8,25	13,75	27,5

Aide : *dans la première ligne où a-t-on 5 sacs de sable ?*

13,75 €

4 Je vais au cinéma. Une place coûte 8 € et une carte de 5 places coûte 35 €. Est-ce que le prix d'une place est proportionnel au nombre de places ?

Aide : *quel est le prix d'une place pour la carte à 35 € ?*

non

Savoir si c'est proportionnel et compléter un tableau

Niveau basique

Réponses

1. **2,50 € × 2 = 5 €.**
Manon va payer 5 € les 4 litres de jus d'orange.

2. **2 × 55 € = 110 €.**
Juliette doit demander 110 € à ses parents.
En effet tous les jeux sont au même prix donc chaque jeu coûte 55 €, on double donc le prix pour avoir le prix de 2 jeux vidéo.

3. **5 sacs de sable coûtent 13,75 €.**
Sur la première ligne on va jusqu'à la 3e colonne et on lit le prix correspondant.

Nombre de sacs de sable	1	3	5	10
Prix en €	2,75	8,25	13,75	27,5

4. **Non,** si j'achète la carte de 5 places à 35 €, la place me revient à 35 € : 5 = 7 € et non 8 €.
Cela revient à dire que **le prix n'est pas proportionnel au nombre de places achetées.**

Niveau intermédiaire

Questions

1. Qu'est-ce qu'un coefficient de proportionnalité ?

le résultat qu'on obtient quand on divise la ligne du dessus par celle d'en dessous

2. Voici un tableau :
Est-ce que ce tableau est un tableau de proportionnalité ?

Masse de betterave (kg)	1	3
Prix en €	1,5	4,5

oui

3. Voici un tableau :
Est-ce que ce tableau est un tableau de proportionnalité ?

Nombre d'entrées à la piscine	5	15
Prix en €	12,5	35

non

4. Quel est le coefficient de proportionnalité du tableau suivant :

Longueur du côté du carré en cm	2	3	5
Périmètre du carré en cm	8	12	20

× 4

5. Quel est le coefficient de proportionnalité du tableau suivant :

Nombre de livres	3	5	7
Prix en €	20,7	34,5	48,3

× 6,9

6. Je vais dans un supermarché. Je remarque qu'une boîte de conserve de haricots verts coûte 1,45 € et qu'un lot de 2 boîtes coûte 2,94 €.
Est-ce que le prix est proportionnel au nombre de boîtes achetées ?

non

7. En reprenant l'exemple précédent, est-il plus avantageux d'acheter deux boîtes de conserve ou un lot de 2 boîtes de conserve ?

Il vaut mieux acheter des boîtes à l'unité.

8. En utilisant le même exemple, combien coûte une boîte de conserve dans le lot de 2 boîtes ?

Dans le lot de 2 boîtes, une boîte de conserve coûtera 1,97 €.

Niveau intermédiaire

Réponses

1. **Le coefficient de proportionnalité** est le nombre par lequel on multiplie ou on divise la première ligne d'un tableau de proportionnalité pour obtenir la seconde ligne.

2. 1 kg × 3 = 3 kg, on va vérifier si en multipliant le prix de 1 kg par 3, on obtient 4,50 €. 1,50 € × 3 = 4,50 €
On retrouve bien le prix de 3 kg de betterave donc **le tableau est un tableau de proportionnalité.**

3. On sait que 5 × 3 = 15, on va vérifier si en multipliant le prix de 5 entrées par 3, on obtient 35 €. 12,50 € × 3 = 37,50 €.
37,50 € est différent de 35 € donc **ce n'est pas un tableau de proportionnalité.**

4. Il faut trouver le nombre par lequel on multiplie la première ligne pour obtenir la deuxième ligne.
On cherche donc 1 × … = 2,75. On sait que 1 × 2,75 = 2,75.
Donc le coefficient de proportionnalité est 2,75.

5. Il faut trouver le nombre par lequel on multiplie la première ligne pour obtenir la deuxième ligne.
On cherche donc 2 × … = 8. On sait que 2 × 4 = 8.
Donc le coefficient de proportionnalité est 4.

6. On sait que 1 × 2 = 2, on va vérifier si en multipliant le prix par 2, on obtient 2,94 €. 1,45 € × 2 = 2,90 €.
2,90 € est différent de 2,94 € **donc le prix n'est pas proportionnel au nombre de boîtes de conserve de haricots verts.**

7. Si j'achète des boîtes à l'unité et que j'en prends 2, cela va me coûter 2,90 €. Le lot coûte 2,94 €.
Il vaut mieux acheter des boîtes à l'unité.

8. Pour avoir le prix d'une boîte, on divise le prix du lot par le nombre de boîtes du lot. 2,94 : 2 = 1,47 €
Le prix d'une boîte est de 1,47 €.

Questions

9 Le tableau suivant est un tableau de proportionnalité. Combien coûte un livre ?

Nombre de livres	3	5	7
Prix en €	20,7	34,5	48,3

Un livre coûte 6,90€.

10 En reprenant l'exemple précédent, comment s'appelle le prix d'un livre ?

le coefficient de proportionnalité.

11 Le tableau suivant est un tableau de proportionnalité. Remplir le tableau.

Longueur de tissus en mètres	2	5	7
Prix en €	9,00	22,50	?

(×4,5)

7 mètres de tissus coûtera 31,50€.

12 En gardant l'exemple précédent, comment s'appelle le fait de chercher le prix d'un mètre de tissus ?

le passage à l'unité

13 Construire un tableau de proportionnalité d'après l'énoncé suivant et répondre à la question.
Lise va au marché et achète 1,5 kg de cerises pour 4,80 €.
Combien cela lui coûterait si elle achetait 4 kg de cerises ?

nombre de kilos de cerises	1,5	4
prix (en euro)	4,80	12,8

(×3,2)

Niveau expert

Questions

1 Sans utiliser le passage à l'unité, compléter le tableau suivant :

Nombre de briques	3	4	7
Masse en kg	6,375	8,5	14,875

2 Comment s'appelle la méthode utilisée à la question précédente ?

linéarité entre colonnes

Réponses

9 Pour obtenir le prix d'un livre, on va choisir une colonne du tableau et diviser le prix par la quantité de livres.
34,50 € : 5 = 6,90 €.
Un livre coûte 6,90 €.

10 Le prix d'un livre est **le coefficient de proportionnalité** du tableau.

11 On peut chercher le prix d'un mètre de tissus.
$2 \times \ldots = 9{,}00$, on sait que $2 \times 4{,}50 = 9{,}00$. Donc 1 mètre de tissus coûte 4,50 €. Donc 4,50 € × 7 = 31,50 €.
On peut aussi remarquer que $2 + 5 = 7$ et donc $9{,}00 + 22{,}50 = 31{,}50$.
Cette méthode s'appelle la linéarité entre colonnes.
7 mètres de tissus coûtent 31,50 €.

12 **Cela s'appelle le passage à l'unité.** Cela revient à chercher le coefficient de proportionnalité du tableau.

13

Masse de cerises en kg	1,5	4
Prix en €	4,80	?

On cherche le coefficient de proportionnalité. $1{,}5 \times ? = 4{,}80$.

Ainsi $? = \frac{4{,}80}{1{,}5} = 3{,}2$. Donc $4 \times 3{,}2 = 12{,}8$. **Les 4 kg de cerises coûteraient 12,80 €.**

Niveau expert

Réponses

1 On remarque que $3 + 4 = 7$. Donc en ajoutant la masse de 3 briques et celle de 4 briques on obtiendra la masse de 7 briques.
$6{,}375 + 8{,}5 = 14{,}875$. **La masse de 7 briques est 14,875 kg.**

2 Cela s'appelle la **linéarité entre colonnes.** On peut additionner ou soustraire deux colonnes pour obtenir une 3e colonne. On peut multiplier une colonne pour obtenir une 2e colonne.

Questions

3 En utilisant la linéarité entre colonnes, compléter le tableau suivant :

Nombre de minutes	15	60
Prix en €	16,80	67,20

4 Dans un tableau de proportionnalité, on a l'égalité des produits en croix. En utilisant la phrase précédente, compléter le tableau suivant :

Temps en minutes	15	60
Nombre de litres	10	?

60 × 10 = 600
600 ÷ 15 = 40

5 Comment s'appelle la méthode utilisée à la question précédente ?

produit en croix

6 Simon reçoit son correspondant anglais Fitzwilliam qui n'est pas habitué aux unités de longueurs françaises. Simon l'aide à convertir les 20 km de randonnées qu'ils ont faits. Fitzwilliam sait que 1 lieue = 3 milles et que 1 mille = 5 280 pieds. Simon lui apprend que 1 pied = 30,48 cm. Quelle est la distance, en lieues, de la randonnée ?

Réponses

3 On remarque que $60 = 15 \times 4$.
Donc on obtiendra le prix pour 60 minutes en multipliant le prix de 15 minutes par 4. $16{,}80 \times 4 = 67{,}20$.
Le prix de 60 minutes est 67,20 €.

4 Cette phrase signifie que les produits de chaque diagonale sont égaux.

Temps en minutes	15	60
Nombre de litres	10	?

Ainsi $15 \times ? = 10 \times 60$.
On cherche la valeur du ?, le résultat d'une multiplication « à trous » s'obtient par division.

Donc $? = \dfrac{10 \times 60}{15} = \dfrac{600}{15} = 40$. Donc en **60 minutes, on obtient 40 litres.**

5 Cela s'appelle la méthode du **produit en croix.**

6 20 km = 2 000 000 cm. $\dfrac{2\,000\,000}{30,48} \approx 65\,616,8$ pieds.

$3 \times 5\,280 = 15\,840$. Il y a 15 840 pieds dans 1 lieue.

$\dfrac{65\,616,8}{15\,840} \approx 4,14$. Il y a environ 4,14 lieues dans 65 616,8 pieds.

Ainsi, **20 km représentent environ 4,14 lieues.**

Sous-chapitre 2

Niveau basique

Questions

1 Sur un plan, 1 cm représente dans la réalité 100 cm. Combien représentent, en réalité, 2 cm sur le plan ?

Aide : *combien de fois on prend 1 cm ?*

200 cm

2 Sur une carte routière, 1 cm représente 10 km. Combien représentent, en réalité, 5 cm sur la carte ?

Aide : *combien de fois on prend 1 cm ?*

50

3 Que veut dire le mot pourcentage ?

quantité sur un ensemble de 100

4 S'il y a 45 personnes sur 100 qui portent des lunettes, quel est le pourcentage de personnes qui portent des lunettes ?

Aide : *c'est la quantité pour 100 individus.*

45 %

5 Si 30 élèves sur 50 jouent aux jeux vidéo, quel est le pourcentage d'élèves qui jouent aux jeux vidéo ?

Aide : *Combien d'élèves joueraient aux jeux vidéo s'il y avait 100 élèves ?*

60%

Niveau intermédiaire

Questions

1 Une maquette a été réalisée à l'échelle 1/85. La maquette mesure 75 cm de long. Quelle est la longueur réelle de l'objet ?

6 375 cm

Échelles et pourcentages

Niveau basique

Réponses

1. 2 cm est le double de 1 cm. Le double de 100 cm est 200 cm.
Donc **2 cm sur le plan représentent en réalité 200 cm.**

2. 1 cm × 5 = 5 cm. 10 km × 5 = 50 km.
Donc **5 cm sur la carte, représentent 50 km en réalité.**

3. **Il exprime une quantité sur un ensemble de 100.** Par exemple 20 % de personnes, veut dire 20 personnes sur 100.

4. Il y a 45 personnes qui portent des lunettes pour un ensemble de 100 personnes.
Il y a donc **45 % de personnes** qui **portent des lunettes.**

5. Il y a 30 élèves qui jouent aux jeux vidéo. 50 × 2 = 100 donc 30 × 2 = 60.
S'il y avait 100 élèves, il y aurait 60 élèves qui jouent aux jeux vidéo, il y a donc **60 % des élèves qui jouent aux jeux vidéo.**

Niveau intermédiaire

Réponses

1. L'échelle 1/85 signifie que 1 cm sur la maquette, représente 85 cm en réalité. La maquette mesure 75 cm.
1 cm × 75 = 75 cm. Donc 85 cm × 75 = 6 375 cm.
L'objet mesure 6 375 cm en réalité.

Questions

2. Sur le plan d'une maison, le salon a une longueur de 6 cm. Sachant que l'échelle du plan est 1/100, quelle est la longueur réelle en mètres du salon ?

600 cm = 6 m

3. Sur une carte routière, l'échelle est de 1/500 000.
La distance entre Bordeaux et Toulouse est de 250 km.
Quelle est la distance entre Bordeaux et Toulouse sur la carte ?

50 cm

4. Vrai ou faux :
Sur une carte à l'échelle 1/20 000, les distances réelles sont 20 000 fois plus petites que sur la carte ?

faux, plus grandes

5. Un article coûte seul 15 €.
Si Amandine en achète un lot de 5, elle obtient 10 % de remise sur le lot.
Quel est le montant de la remise obtenue en achetant 1 lot de 5 articles ?

7,5 €

6. D'après l'exemple précédent, combien amandine va-t-elle payer le lot de 5 articles ? 67,50 €

7. Combien font 15 % de 50 L ?

7,50 L

8. Combien font 60 % de 600 km ?

360 km

9. Dans une classe de 5e, il y a 14 filles pour un total de 25 élèves dans la classe.
Quel est le pourcentage de filles dans cette classe de 5e ?

56 %

Réponses

2 1 cm × 6 = 60 cm. 100 cm × 6 = 600 cm.
600 cm = 6 m.
Le salon a une longueur de 6 mètres dans la réalité.

3 1 cm représente 500 000 cm en réalité.
250 km = 25 000 000 cm.
On cherche à résoudre 500 000 × ? = 25 000 000.

Donc ? = $\frac{25\,000\,000}{500\,000} = 50$.

La distance sur la carte entre ces deux villes est de 50 cm.

4 **Faux.** L'échelle signifie que 1 cm sur la carte représente 20 000 cm dans la réalité.
Donc les distances réelles sont 20 000 fois plus grandes que sur la carte.

5 15 × 5 = 75. Les 5 articles coûtent 75 € avant réduction.

Prix en €	75	100
Remise en €	?	10

Les 10 % de remise indiquent que si les 5 articles coûtaient 100 € elle aurait 10 € de remise.
On remarque que 100 : 10 = 10 donc 75 : 10 = 7,50.
Amandine obtient une remise de 7,50 €.

6 75 – 7,50 = 67,50.
Amandine va payer 67,50 € le lot de 5 articles.

7 $15\,\% = \frac{15}{100}$. $50 \times \frac{15}{100} = 50 \times 0{,}15 = 7{,}5$.

15 % de 50 L font **7,50 L.**

8 $60\,\% = \frac{60}{100}$. $600 \times \frac{60}{100} = 360$.

60 % de 600 km font **360 km.**

9

Nombre de filles	14	?
Nombre d'élèves	25	100

On remarque que 25 × 4 = 100. Donc 14 × 4 = 56.
S'il y avait 100 élèves dans la classe, il y aurait 56 filles. Il y a donc **56 % de filles dans la classe.**

Questions

10 Lucie aimerait s'acheter un nouveau pantalon, il coûte 70 €.
Bonne surprise, son pantalon est soldé à 20 %.
Combien coûte le pantalon après réduction.

14 €
cela coûtera 56 €

11 Stéphanie a un magasin de thé. Elle achète du thé noir à 7,50 € les 100 g et le revend 30 % plus cher pour pouvoir faire fonctionner son magasin. Quel est le prix de vente du thé noir vendu par Stéphanie ?

2,25 € de plus donc 9,75 €.

Niveau expert

Questions

1 Elizabeth aime faire de longues marches. Ce matin elle a parcouru 13,2 km aller-retour. En rentrant, elle regarde une carte de la région à l'échelle 1/110 000, afin de déterminer la zone qu'elle peut découvrir en marchant. Quelle est la longueur du rayon du cercle qu'elle va tracer avec son compas ?

2 Dans une classe de 5e, il y a 28 élèves dont 25 % portent des lunettes. Combien d'élèves portent des lunettes ?

7

3 C'est la période des soldes, un article qui au départ coûtait 130 € est soldé à 20 %.
Quel est son nouveau prix ?

Réponses

10

Prix en €	70	100
Remise en €	?	20

On remarque que $100 \times 0{,}2 = 20$ donc $70 \times 0{,}2 = 14$.
Lucie obtient une remise de 14 €. $70 - 14 = 56$.
Le pantalon de Lucie coûte 56 €.

11 $30\,\% = \frac{30}{100}$. Donc $7{,}50 \times \frac{30}{100} = 7{,}50 \times 0{,}3 = 2{,}25$.

Les 30 % d'augmentation représentent 2,25 €.
$7{,}50 + 2{,}25 = 9{,}75$.
Stéphanie vend le thé noir 9,75 € les 100 g.

Niveau expert

Réponses

1 Elizabeth fait 13,2 km aller-retour donc l'aller fait $\frac{13{,}2}{2} = 6{,}6$ km.

6,6 km = 660 000 cm. On cherche $110\,000 \times ? = 660\,000$.

$? = \frac{660\,000}{110\,000} = 6$.

Elle va donc tracer **un cercle de rayon 6 cm** pour marquer la zone qu'elle peut découvrir en marchant.

2 $25\,\% = \frac{25}{100}$. On obtient le tableau suivant :

Nombre d'élèves de la classe	28	100
Nombre d'élèves avec des lunettes	?	25

$100 : 4 = 25$. Donc $28 : 4 = 7$.
Il y a 7 élèves dans la classe qui portent des lunettes.

3 Si l'article est soldé à 20 %, on va payer 80 % du prix restant.
On peut donc obtenir le nouveau prix en calculant les 80 % du prix de départ.

$130\text{ €} \times \frac{80}{100} = 130\text{ €} \times 0{,}8 = 104\text{ €}$.

Le nouveau prix est 104 €.

Questions

4 Supposons que l'article précédent n'a pas été vendu pendant les soldes. Est-ce que si on augmente le prix soldé de 20 % on retrouve le prix initial de l'article ?

5 Vrai ou Faux :
Si un article subit une baisse de 20 % puis une hausse de 20 %, on retrouve le prix initial de l'article.

Réponses

4 $20\,\% = \frac{20}{100}$. Donc, $104\,€ \times \frac{20}{100} = 104\,€ \times 0{,}2 = 20{,}80\,€$.

On augmente le prix soldé de 20,80 €.
104 € + 20,80 € = 124,80 €. Le prix après augmentation est de 124,80 € et non de 130 € donc on **ne retrouve pas le prix initial de l'article.**

5 **Faux**, nous venons d'en faire un exemple. Comme les bases de calculs changent à chaque étape, les sommes en jeu ne sont pas les mêmes.

Ce qu'il faut retenir

Dans un tableau de proportionnalité, on passe d'une ligne à l'autre en multipliant ou divisant par un **même nombre** appelé **coefficient de proportionnalité**.

Il est important de traduire l'énoncé par un tableau afin de bien placer les nombres et comprendre ce que l'on cherche.

Méthodes de calcul d'une quatrième proportionnelle :

- **Le passage à l'unité** : on cherche le coefficient de proportionnalité du tableau pour calculer le 4e nombre.
- **Linéarité entre les colonnes** : on peut additionner ou soustraire deux colonnes pour obtenir une troisième colonne. On peut également multiplier ou diviser une colonne pour en obtenir une 2e.

Calculer un pourcentage revient à écrire une écriture fractionnaire avec un dénominateur égal à 100 ou à compléter un tableau de proportionnalité.

Exemple : $20\,\% = \dfrac{20}{100}$

On multiplie ensuite le nombre donné par le pourcentage en écriture fractionnaire pour obtenir le résultat.

Exemple : calculer 15 % de 300 km.

$$300 \text{ km} \times \frac{15}{100} = 45 \text{ km}.$$

Calculer avec les échelles revient à utiliser une situation de proportionnalité. Attention quand une échelle est donnée sous forme de fraction. Il faut utiliser la même unité de longueur.

Notes

Chapitre 3

Symétries

Niveau basique

Questions

1 Est-ce que ces deux figures sont symétriques par rapport à la droite (d) ?

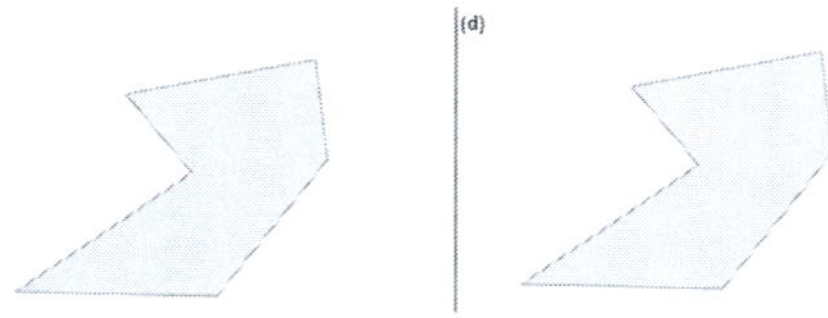

Aide : *penser au pliage.*

non

2 Qu'est-ce qu'un axe de symétrie ?

Aide : *penser au pliage.*

3 Comment sait-on que deux figures sont symétriques par rapport à une droite ?

Aide : *penser au pliage.*

si elles se superposent

4 Quel est le principe de la symétrie centrale ?

Aide : *tourner*

5 En symétrie centrale, comment s'appelle le point autour duquel on tourne ?

Aide : *penser au cercle, on place la pointe du compas au…*

Niveau intermédiaire

Questions

1 Est-ce que ces deux figures sont symétriques par rapport au point I ?

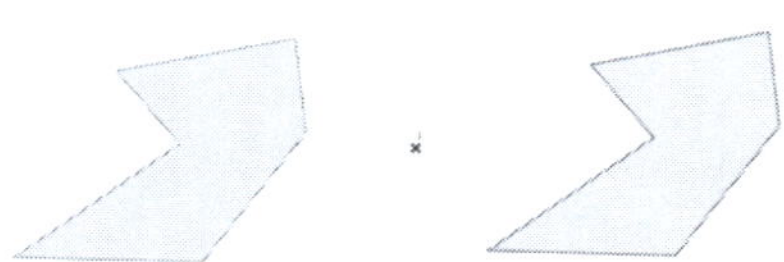

non

Niveau basique

Réponses

1. **Non**, elles ne sont pas symétriques car si on plie le long de la droite (d), les deux figures ne se superposent pas.

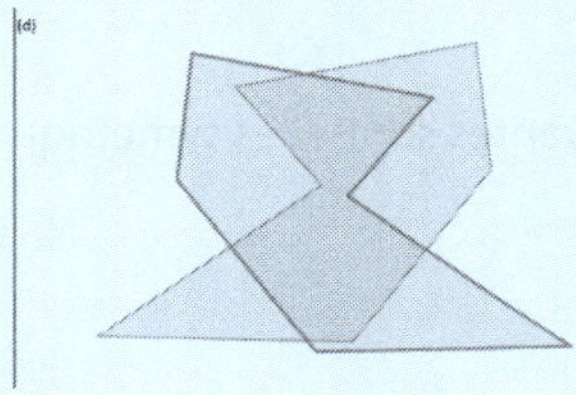

2. **Un axe de symétrie est une droite le long de laquelle on plie pour que les deux figures se superposent.**

3. **Deux figures sont symétriques par rapport à une droite quand elles se superposent par pliage le long de la droite.** La droite est alors l'axe de symétrie de la figure.

4. **La symétrie centrale fait effectuer un demi-tour à la figure autour d'un point.** Les figures se superposent après le demi-tour.

5. Le point autour duquel on tourne s'appelle le **centre de symétrie.**

Niveau intermédiaire

Réponses

1. **Non**, elles ne sont pas symétriques par rapport au point I car elles ne se superposent pas par demi-tour autour du point I.

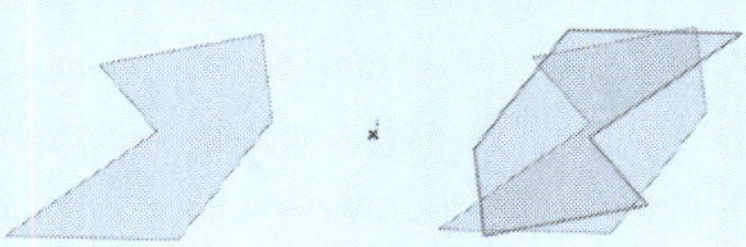

Questions

2 Les figures suivantes sont-elles symétriques par rapport à la droite (g) ?

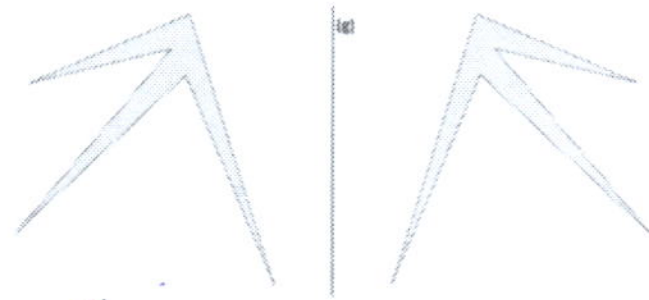

Oui

3 Les figures suivantes sont-elles symétriques par rapport au point O ?

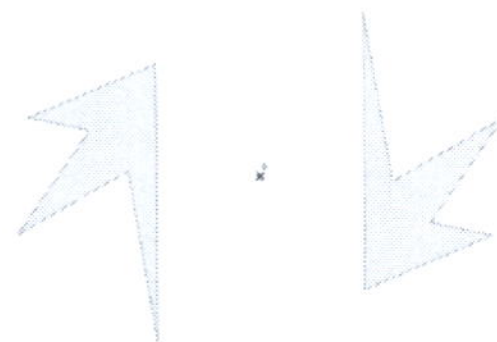

non

4 Comment construire le symétrique d'un point par rapport à une droite ?
Exemple : Construire le point C′ symétrique du point C par rapport à la droite (i).

5 Comment construire le symétrique d'une figure par rapport à une droite ?

6 Comment construire le symétrique d'un point par rapport à un point (centre de symétrie) ?
Exemple : Construire le point D′, symétrique du point D par rapport au point O.

Réponses

2 **Oui**, si on plie le long de la droite (g) les deux figures se superposent.

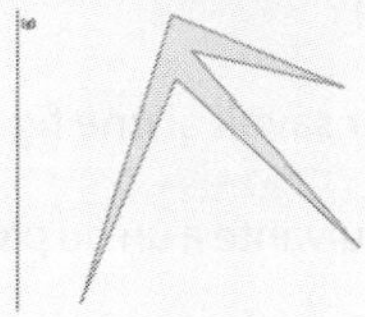

3 **Oui**, on observe bien que la pointe qui est vers le bas dans la figure de gauche se retrouvera en haut en effectuant un demi-tour autour du point O.

4 **Étape 1** : on construit la **droite perpendiculaire à l'axe de symétrie passant par C**. On nomme K le point d'intersection entre l'axe de symétrie et la perpendiculaire.
Étape 2 : on **prend la mesure du segment [CK]** (écartement avec le compas) et **on la reporte de l'autre côté de l'axe de symétrie.** Le point d'intersection avec la perpendiculaire et l'arc de cercle est le point C' symétrique du point C par rapport à (i).

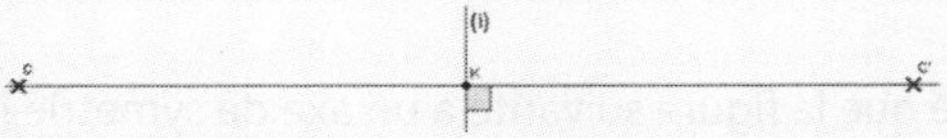

5 **On construit le symétrique de chaque point qui compose la figure** et on trace la nouvelle figure ainsi obtenue.

6 **Étape 1 : on trace la demi-droite d'origine D et qui passe par O**, soit la demi-droite [DO).
Étape 2 : on prend **la mesure du segment [DO]** (écartement avec le compas) et **on la reporte de l'autre côté du centre de symétrie**, soit de l'autre côté du point O.

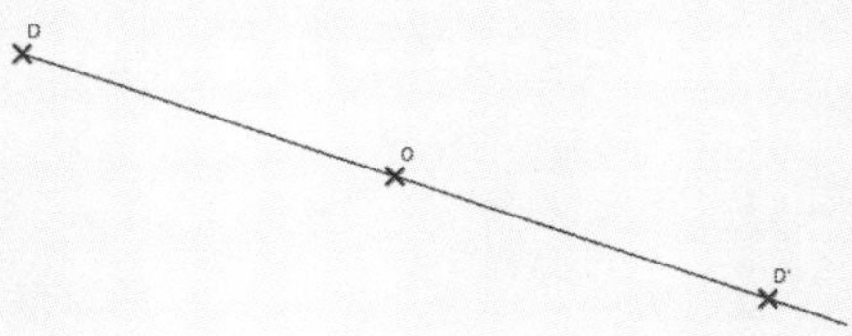

Questions

7 Comment construire le symétrique d'une figure par rapport à un point (centre de symétrie) ?

8 Comment faire pour savoir si une figure a un axe de symétrie ?

9 Est-ce que la figure suivante a un ou plusieurs axes de symétrie ? lesquels ?

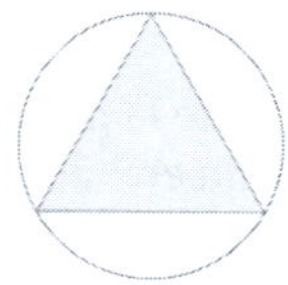

10 Comment faire pour savoir si une figure a un centre de symétrie ?

11 Est-ce que la figure suivante a un centre de symétrie ? Si oui, où est-il ?

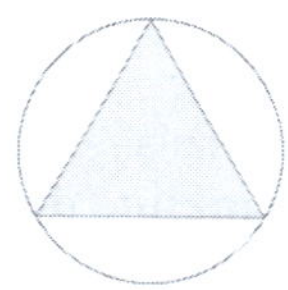

12 Est-ce que la figure suivante a un axe de symétrie ? Si oui, où est-il ?

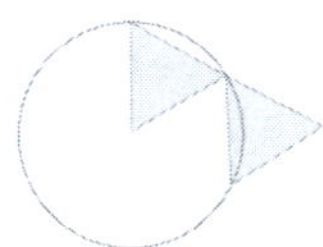

13 Est-ce que la figure suivante à un centre de symétrie ? Si oui où est-il ?

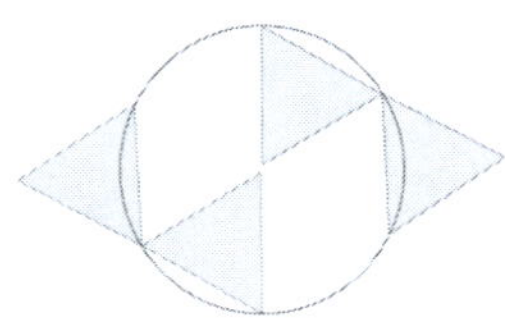

7 **On construit le symétrique de chaque point qui compose la figure** et on trace la nouvelle figure ainsi obtenue.

8 **On essaie de la partager en deux parties égales et superposables.**

Oui, il y en a 3.

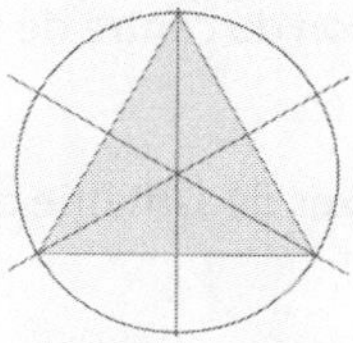

10 On essaie de **la partager en deux parties en faisant tourner une partie d'un demi-tour pour obtenir la seconde.**

11 **Non,** si on tourne depuis le centre du cercle, la pointe du triangle va vers le bas et la figure obtenue n'est pas la même.

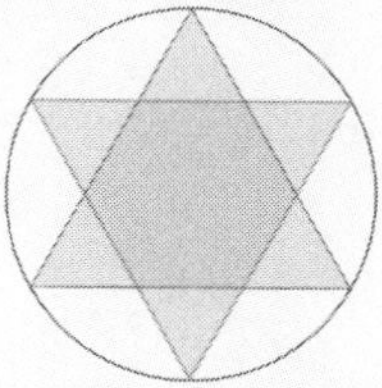

12 **Non,** si on trace une droite entre les deux triangles, le symétrique du cercle ne va pas se superposer avec le cercle de départ.

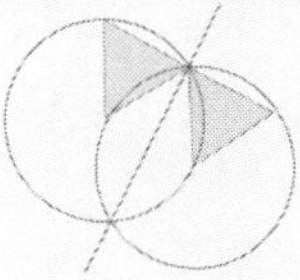

13 **Oui**, c'est le centre du cercle.

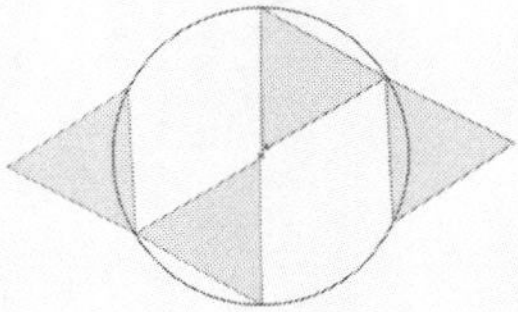

Niveau expert

Questions

1. Que conservent les symétries ?

2. Quelle est la définition du centre de symétrie d'une figure ?

3. Combien y a-t-il d'axes de symétrie dans un cercle (ou un disque) ?

4. Dans une spirale, peut-il y avoir un centre de symétrie ?

5. Est-ce qu'un point peut être symétrique par rapport à lui-même ?

Niveau expert

Réponses

1. **Les symétries conservent les longueurs, les formes, les angles, les périmètres et les aires.**

2. Dire qu'un point est le centre de symétrie d'une figure signifie que **cette figure et son symétrique par rapport à ce point sont confondus**.

3. **Il y en a une infinité** car le cercle (ou disque) possède une infinité de diamètres.

4. **Non**, car la spirale ne se superpose pas à elle-même par demi-tour.

5. **Oui**, si le point appartient à l'axe de symétrie pour une symétrie axiale ou si le point est le centre de symétrie pour une symétrie centrale.

Ce qu'il faut retenir

Symétrie axiale

Dire que deux figures sont symétriques par rapport à une droite (d) signifie qu'en effectuant un pliage le long de la droite (d), les figures se superposent.

La droite (d) est appelée **axe de symétrie**.

Exemple :

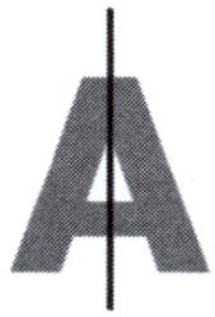

Deux points A et B sont symétriques par rapport à une droite (d), si la droite (d) est la médiatrice du segment [AB].

Exemple :

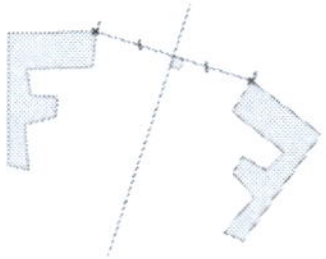

Symétrie centrale

Deux figures sont symétriques par rapport à un point O signifie que les figures se superposent par un demi-tour autour de ce point. Le point O est appelé centre de symétrie.

Ce « demi-tour » est appelé la **symétrie centrale de centre O**.

Exemple :

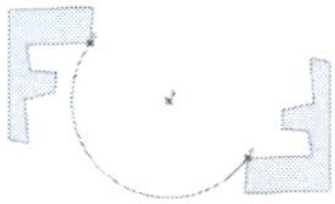

Deux points E et E' sont symétriques par rapport au point O, si le point O est le milieu du segment [AB].

Exemple :

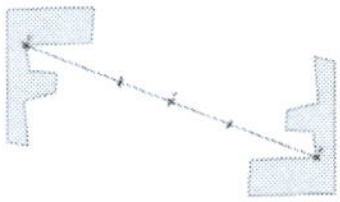

Le symétrique de O par la symétrie centrale de centre O est O.

Comment construire le symétrique d'un point par rapport à un point ?

Programme de construction

« Tracer le point B symétrique de A par rapport à O ».

Tracer la demi-droite [AO).

Tracer le point B tel que OA = OB avec le compas.

Pour construire le symétrique d'une figure par rapport à un point, il suffit de construire les symétriques de ses points « caractéristiques » par rapport à ce point c'est-à-dire les points qui composent la figure.

Les symétries conservent les longueurs, les formes, les angles, les périmètres et les aires.

Le symétrique d'un cercle est un cercle de même rayon et leurs centres sont symétriques.

Le symétrique d'un segment est un segment de même longueur.

Le symétrique d'un angle est un angle de même mesure.

Dire qu'un point est un centre de symétrie d'une figure signifie que cette figure et son symétrique par rapport à ce point sont confondus.

Exemple :

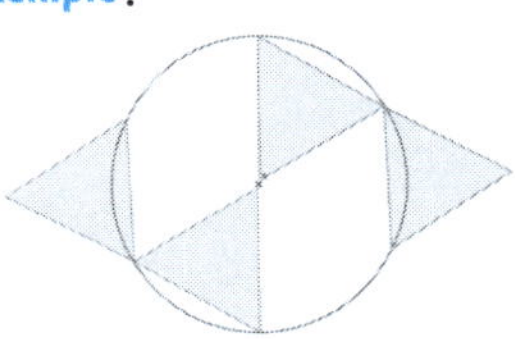

Chapitre 4

Les fractions

Sous-chapitre 1

Niveau basique

Questions

1 Un gâteau est partagé en 4 parts égales et j'en mange 1. Quelle fraction du gâteau ai-je mangée ?

Aide : *faire un dessin de gâteau.*

J'ai mangé $\frac{1}{4}$ du gâteau

2 Voici un gâteau séparé en 4 parts. Colorier les $\frac{3}{4}$ du gâteau.

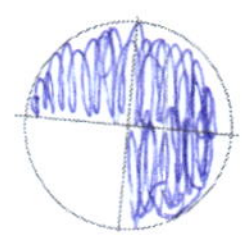

Aide : *Combien de parts je prends sur les 4 parts ?*

3 Placer la fraction $\frac{3}{4}$ sur la droite graduée ci-dessous.

Aide : *en combien de parts je partage l'unité et combien de parts je prends ?*

4 Placer la fraction $\frac{9}{6}$ sur la droite graduée ci-dessous.

Aide : *en combien de parts je partage l'unité et combien de parts je prends ? Il faut placer le 1.*

Fraction d'un nombre, droite graduée et proportion

Niveau basique

Réponses

1 **J'ai mangé $\frac{1}{4}$ du gâteau.**

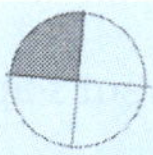

Remarque : J'ai mangé 1 part sur 4 du gâteau.

2

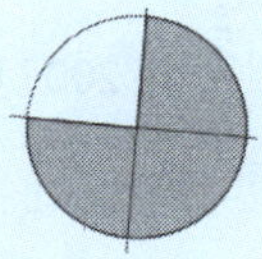

Remarque : je prends 3 parts sur les 4.

3 **Je partage l'unité en 4 parts et j'en prends 3.**

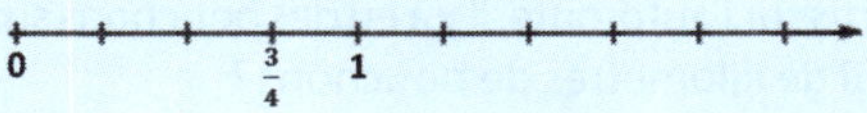

4 **Je partage l'unité en 6 parts et j'en prends 9.**

Questions

5 Dans une classe de 5e, il y a 12 élèves qui portent des lunettes sur 29 élèves au total dans la classe.
Quelle est la proportion d'élèves qui portent des lunettes dans la classe de 5e ?

Aide : $\dfrac{\text{nombre d'élèves qui portent des lunettes}}{\text{nombre total d'élèves}}$ $\dfrac{12}{29}$

Niveau intermédiaire

Questions

1 Dans une fraction, comment s'appelle le nombre écrit au-dessus ?

nominateur

2 Dans une fraction comment s'appelle le nombre écrit au-dessous ?

dénominateur

3 Sur la droite graduée ci-dessous, placer correctement l'unité (le 1) et placer la fraction $\frac{8}{7}$.

4 Comment calculer les $\frac{5}{8}$ de 200 ? (expliquer et faire le calcul)

5 En partant en voyage, Benjamin se rend compte que sur les 400 km parcourus sur l'autoroute, il y a eu des bouchons sur $\frac{1}{4}$ du trajet. Combien y avait-il de kilomètres de bouchons ?

100 kilomètres

6 Sur la droite graduée ci-dessous, placer la fraction $\frac{3}{8}$:

7 Dans une classe de 5e de collège, il y a 29 élèves. Parmi les élèves 13 sont inscrits à la chorale.
Quelle est la proportion d'élèves inscrits à la chorale ? $\dfrac{13}{29}$

Réponses

5

$$\frac{\text{nombre d'élèves qui portent des lunettes}}{\text{nombres total d'élèves}} = \frac{12}{29}$$

La proportion d'élèves qui portent des lunettes est $\frac{12}{29}$.

Niveau intermédiaire

Réponses

1 **Le nombre du dessus est le numérateur.**

2 **Le nombre du dessous est le dénominateur.**

Le dénominateur indique le nombre de subdivisions (de parties) de l'unité.

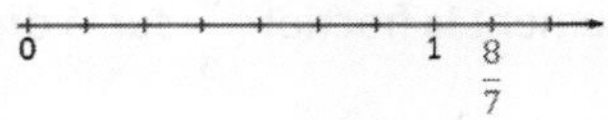

4 **Pour prendre la fraction d'une quantité, on multiplie la quantité par la fraction.**

$200 \times \frac{5}{8} = \frac{200 \times 5}{8} = \frac{1000}{8} = \mathbf{125}$

5 $\mathbf{400 \times \frac{1}{4} = \frac{400}{4} = 100}$

Il y avait **100 kilomètres de bouchons.**

L'unité est partagée en 16 parties et le dénominateur est égal à 8, donc **il faut doubler le numérateur pour bien placer la fraction,** il faut donc être à la 6e graduation.

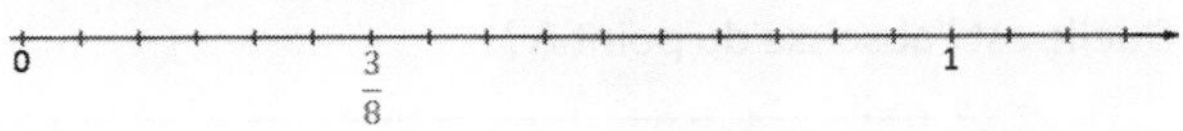

7

$$\frac{\text{nombre d'élèves inscrits à la chorale}}{\text{nombre total d'élèves de la classe}} = \frac{13}{29}$$

La proportion d'élèves inscrits à la chorale est $\mathbf{\frac{13}{29}}$.

Questions

8 Donner l'écriture fractionnaire de 50 %.

$50\% = \frac{50}{100}$

9 Donner l'écriture fractionnaire de 75 %.

$75\% = \frac{75}{100}$

10 Combien font $\frac{30}{100}$ de 75 € ?

$75 \times \frac{30}{100} = \frac{2250}{100} = 22{,}5$

Niveau expert

Questions

1 Placer correctement la fraction $\frac{6}{8}$ sur la droite graduée ci-dessous :

2 Donner l'écriture fractionnaire de 20 %.

$20\% = \frac{20}{100}$

3 Julie observe une carte et remarque que sur les 15 couleurs utilisées, 3 sont claires. Peut-on dire que $\frac{1}{5}$ des couleurs sont claires ? Justifier.

Oui

4 Quelle est l'abscisse du point A ?

Réponses

8 $50\,\% = \dfrac{50}{100}$.

On remarque que 50 est la moitié de 100, donc **$50\,\% = \dfrac{1}{2}$**.

9 **$75\,\% = \dfrac{75}{100}$. On peut aussi dire $75\,\% = \dfrac{3}{4}$.**

10 $\mathbf{75} \times \dfrac{30}{100} = \dfrac{75 \times 30}{100} = \dfrac{2250}{100} = 22{,}50$.

$\dfrac{30}{100}$ de 75 € font **22,50 €.**

Niveau expert

Réponses

1 L'unité est partagée en 4 parties et le dénominateur est égal à 8. **Il faut donc diviser par 2 le numérateur pour avoir le nombre de graduations.**

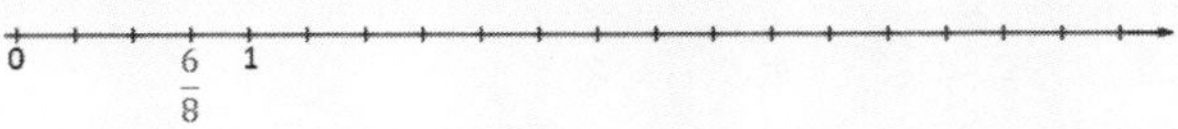

2 **$20\,\%$** $= \dfrac{20}{100} = \dfrac{1}{5}$.

3 La proportion de couleurs claires est $\dfrac{3}{15}$. On remarque que 3 est 5 fois plus petit que 15 donc $\dfrac{3}{15} = \dfrac{1}{5}$.

Donc **oui**, $\dfrac{1}{5}$ des couleurs sont claires.

4 Il n'y a pas l'origine mais entre 8 et 9, il y a 4 parties. L'unité est donc partagée en 4 parties, le dénominateur est 4.
Pour arriver à 8, il faut $8 \times 4 = 32$ graduations. Il faut en ajouter 3 pour arriver au point A. Donc **A**($\dfrac{35}{8}$).

Questions

5 Quelle est l'abscisse du point J ?

Réponses

5 Même remarque que la question précédente. L'unité est partagée en 5 parties donc le dénominateur est 5.
Il faut 5 graduations après le 7 pour atteindre le point J, donc une unité après 7. Ainsi **J(8) ou** J($\mathbf{\frac{40}{5}}$).

Sous-chapitre 2

Niveau basique

Questions

1 Est-ce que la fraction $\frac{1}{4}$ est supérieure à 1 ?

Aide : *Est-ce qu'en mangeant $\frac{1}{4}$ de tarte je mange plus qu'une tarte entière ?*

non

2 Est-ce que les fractions $\frac{1}{4}$ et $\frac{2}{8}$ sont égales ?

oui

Aide : *dessiner deux tartes et les partager pour obtenir chaque fraction.*

3 Est-ce que la fraction $\frac{5}{3}$ est supérieure à 1 ?

Aide : *Est-ce qu'en mangeant $\frac{5}{3}$ de tarte je mange plus qu'une tarte entière ?*

oui

4 Il y a deux tartes, une partagée en 5 parties égales, l'autre en 10 parties égales. Si je mange 2 parts de la tarte coupée en 10 parties, combien de parts de la tarte coupée en 5 dois-je manger pour prendre la même quantité dans les deux tartes ?

Aide : *couper les tartes avec le même nombre de parts et comparer*

une

5 Écrire l'égalité de fractions obtenue à la question précédente.

$\frac{2}{10} = \frac{1}{5}$

Comparaison, égalité et simplification

Niveau basique

Réponses

1. **Non.** Si on compare avec une tarte, on partage la tarte en 4 parts et on en mange 1 donc on mange moins qu'une tarte entière (qui est l'unité).

2. **Oui.** Si je partage une tarte en 4 parts et que j'en prends 1, c'est la même quantité que si je partage une tarte en 8 parts et que j'en prends 2.

3. **Oui.** Si je partage une tarte en 3 parties, je peux en manger au maximum 3. Il m'en faut 5 donc je suis obligé de prendre une autre tarte pour avoir assez de parts. Je prends donc plus d'une tarte (qui est l'unité).

4. On va représenter la tarte coupée en 10 :

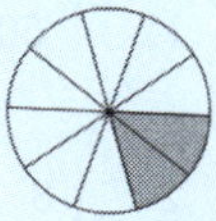

Si je divise le nombre de part en 2, je vais donc avoir la tarte coupée en 5 **et je prendrais 1 seule part.**

5. $\frac{2}{10} = \frac{1}{5}$. On dit qu'on a **simplifié la fraction par 2** (car on divise par 2).

Niveau intermédiaire

Questions

1 Comment sait-on qu'une fraction est supérieure à 1 ?

si le numérateur est plus grand que le dénominateur

2 Comment sait-on qu'une fraction est égale à 1 ?

si le num = dénom.

3 Comment sait-on qu'une fraction est inférieure à 1 ?

si le num < dénom.

4 Comment fait-on pour obtenir deux fractions égales ?

5 Comment fait-on pour comparer deux fractions de même dénominateur ?

6 Est-ce que la fraction $\frac{93}{53}$ est supérieure à 1 ?

oui

7 Est-ce que la fraction $\frac{63}{154}$ est inférieure à 1 ?

oui

8 Comment sait-on si deux fractions sont égales ?

9 Compléter l'égalité pour que les fractions soient égales : $\frac{5}{6}=\frac{?}{12}$

$\frac{10}{12}$

10 Est-ce que les fractions $\frac{5}{12}$ et $\frac{24}{60}$ sont égales ?

non

11 Est-ce que les fractions $\frac{2}{8}$ et $\frac{8}{32}$ sont égales ?

oui

12 Ranger les fractions suivantes dans l'ordre croissant : $\frac{15}{8};\frac{28}{16};\frac{8}{4}$

13 Que veut dire simplifier une fraction ?

Niveau intermédiaire

Réponses

1. **Le numérateur est supérieur (plus grand) au dénominateur.**

2. **Le numérateur est égal au dénominateur.**

3. **Le numérateur est inférieur (plus petit) au dénominateur.**

4. **On multiplie (ou on divise) le numérateur ET le dénominateur par le même nombre différent de zéro.**

5. On compare les numérateurs, **la fraction ayant le plus grand numérateur est la plus grande.**

6. **Non** car $93 > 53$ donc **la fraction est supérieure à 1.**

7. **Oui** car $63 < 154$ donc **la fraction est inférieure à 1.**

8. On réalise les **produits en croix. S'ils sont égaux les fractions sont égales,** si non elles ne sont pas égales.

9. On remarque que $6 \times 2 = 12$. Pour garder l'égalité des fractions, on doit donc multiplier le numérateur par 2.

   $5 \times 2 = 10$ donc $\mathbf{\frac{5}{6} = \frac{10}{12}}$.

10. On réalise les produits en croix séparément.
    $5 \times 60 = 300$ et $12 \times 24 = 288$. $5 \times 60 \neq 12 \times 24$ donc **les fractions ne sont pas égales.**

11. On réalise les produits en croix séparément.
    $2 \times 32 = 64$ et $8 \times 8 = 64$. $2 \times 32 = 8 \times 8$. **Donc les fractions sont égales.**

12. On réduit les fractions au même dénominateur.

    $\frac{15}{8} = \frac{30}{16}$, $\frac{8}{4} = \frac{32}{16}$ et $\frac{28}{16}$.

    $\frac{28}{16} < \frac{30}{16} < \frac{32}{16}$ donc $\mathbf{\frac{28}{16} < \frac{15}{8} < \frac{8}{4}}$.

13. C'est trouver une **fraction qui lui est égale avec des nombres plus petits. Attention ils doivent toujours être entiers.**

Questions

14 Simplifier $\frac{42}{35}$.

$\frac{7}{5}$

Niveau expert

Questions

1 Donner la fraction égale à $\frac{8}{50}$ avec un dénominateur égal à 125.

$\frac{18}{125}$

2 Comparer $\frac{52}{63}$ et $\frac{75}{65}$.

3 Comparer $\frac{5}{25}$ et $\frac{15}{50}$.

4 Est-ce que les écritures fractionnaires suivantes sont égales ?

$\frac{2,85}{5}$ et $\frac{5,47}{9,88}$.

5 Simplifier au maximum $\frac{56}{28}$.

6 Comment s'appelle une fraction que l'on ne peut plus simplifier ?

Réponses

14 $\frac{42}{35}=\frac{7\times6}{7\times5}=\frac{6}{5}$. On a donc divisé le numérateur et le dénominateur par 7, on a **simplifié la fraction par 7.**

Niveau expert

Réponses

1 On remarque que 50 × 2,5 = 125. On doit donc multiplier 8 par 2,5 pour obtenir la fraction égale. 8 × 2,5 = 20.

Donc $\mathbf{\frac{8}{50}=\frac{20}{125}}$

2 On remarque que 52 < 63 donc $\mathbf{\frac{52}{63}<1}$.

On remarque que 75 > 65 donc $\frac{75}{65}>1$. Donc $\mathbf{\frac{52}{63}<\frac{75}{65}}$.

3 On remarque que 25 × 2 = 50. Donc $\mathbf{\frac{5}{25}=\frac{10}{50}}$.

10 < 15 donc $\frac{10}{50}<\frac{15}{50}$. Donc $\mathbf{\frac{5}{25}<\frac{15}{50}}$.

4 On réalise les produits en croix. 2,85 × 9,88 = 28,158.
5 × 5,47 = 27,35. 2,85 × 9,88 ≠ 5 × 5,47. **Donc les écritures fractionnaires ne sont pas égales.**

5 $\frac{56}{28}=\frac{4\times2\times7}{4\times7}=\frac{2}{1}=2$. **On peut simplifier par 7 et simplifier par 4.**

Quand il ne reste pas de nombre apparent il ne faut pas oublier le 1 !

6 C'est **une fraction irréductible.**

Sous-chapitre 3

Niveau basique

Questions

1 Comment fait-on pour décomposer une fraction en somme d'un nombre entier et d'une fraction inférieure à 1 ?

Aide : *combien de fois au maximum le dénominateur est contenu dans le numérateur ? Que reste-t-il alors ?*

2 Décomposer $\frac{25}{8}$ sous forme de somme d'un nombre entier et d'une fraction inférieure à 1.

Aide : *Combien de fois on peut mettre 8 dans 25 et combien reste-t-il ?*

3 Je partage une tarte en 6 parts égales. J'en mange 1 et plus tard j'en mange 2. Quelle fraction de la tarte ai-je mangée ?

Aide : *Au total combien de parts ai-je mangées ?*

4 En reprenant la tarte précédente et tout ce que j'ai mangé en tout, quelle fraction de la tarte reste-t-il ?

Aide : *Combien de parts reste-t-il ?*

Addition et soustraction

Niveau basique

Réponses

1 **On cherche combien de fois au maximum on peut mettre le dénominateur dans le numérateur et on rajoute la fraction qu'il reste.**

2 On remarque que $8 \times \mathbf{3} = 24$. On peut donc mettre 3 fois le dénominateur dans le numérateur. Si on enlève donc 24 à 25, il reste **1**.

Donc $\frac{25}{8} = \mathbf{3} + \frac{\mathbf{1}}{8}$.

3 Je mange $\frac{1}{6}$ puis $\frac{2}{6}$. J'ai donc mangé 3 parts de tarte sur les 6 parts.

Donc $\frac{1}{6} + \frac{2}{6} = \frac{2+1}{6} = \frac{3}{6}$. **J'ai mangé $\frac{3}{6}$ de la tarte.**

4 J'ai mangé au total $\frac{3}{6}$ de la tarte. La tarte entière comportait 6 parts, donc $\frac{6}{6}$. En enlevant 3 parts, il en reste 3.

Donc $\frac{6}{6} - \frac{3}{6} = \frac{6-3}{6} = \frac{3}{6}$. **Il reste donc $\frac{3}{6}$ de la tarte.**

Niveau intermédiaire

Questions

1. Quelle est la règle pour additionner (ou soustraire) deux fractions de même dénominateur ?

2. Calculer $\frac{5}{6}+\frac{7}{6}$.

3. Décomposer $\frac{74}{7}$ en une somme d'un entier et d'une fraction inférieure à 1.

4. Calculer $\frac{18}{8}-\frac{5}{8}$.

5. Comment faire pour additionner deux fractions de dénominateurs différents ?

6. Calculer $\frac{18}{6}+\frac{14}{12}$.

7. Calculer $\frac{25}{15}-\frac{4}{5}$.

Niveau expert

Questions

1. Quel dénominateur commun on va choisir pour calculer cette somme : $\frac{4}{8}+\frac{5}{3}$?

2. Calculer $\frac{4}{8}+\frac{5}{3}$.

3. Simplifier au maximum $\frac{52}{24}$.

Niveau intermédiaire

Réponses

1. **Il faut additionner (ou soustraire) les numérateurs et conserver le dénominateur commun.**

2. $\frac{5}{6}+\frac{7}{6}=\frac{5+7}{6}=\mathbf{\frac{12}{6}}$.

3. $\frac{74}{7}=\frac{70+4}{7}=\frac{70}{7}+\frac{4}{7}=\mathbf{10}+\mathbf{\frac{4}{7}}$.

4. $\frac{18}{8}-\frac{5}{8}=\frac{18-5}{8}=\mathbf{\frac{13}{8}}$.

5. Il faut tout d'abord **mettre les deux fractions au même dénominateur** en les multipliant pour obtenir des fractions égales. **Ensuite on applique la règle précédente.**

6. $\frac{18}{6}+\frac{14}{12}=\frac{18\times2}{6\times2}+\frac{14}{12}=\frac{36}{12}+\frac{14}{12}=\frac{36+14}{12}=\mathbf{\frac{50}{12}}$.

7. $\frac{25}{15}-\frac{4}{5}=\frac{25}{15}-\frac{4\times3}{5\times3}=\frac{25}{15}-\frac{12}{15}=\frac{25-12}{15}=\mathbf{\frac{13}{15}}$.

Niveau expert

Réponses

1. On cherche les multiples de 8 et 3 pour avoir le plus petit multiple commun qui sera le dénominateur commun. Le plus petit multiple commun est 24, donc le **dénominateur commun sera 24.**

2. $\frac{4}{8}+\frac{5}{3}=\frac{4\times3}{8\times3}+\frac{5\times8}{3\times8}=\frac{12}{24}+\frac{40}{24}=\frac{12+40}{24}=\mathbf{\frac{52}{24}}$.

3. $\frac{52}{24}=\frac{2\times2\times13}{2\times2\times2\times3}=\mathbf{\frac{13}{6}}$. **On a simplifié par 4.**

4 Quel dénominateur commun va-t-on choisir pour calculer $\frac{5}{15}-\frac{5}{20}$?

5 Calculer $\frac{5}{15}-\frac{5}{20}$.

4 Les multiples de 15 sont 15 ; 30 ; 45 ; 60 ; 75…
Les multiples de 20 sont 20 ; 40 ; 60 ; 80…
Le premier multiple commun est 60, donc le **dénominateur commun pour calculer** $\frac{5}{15}-\frac{5}{20}$ **sera 60.**

5 $\frac{5}{15}-\frac{5}{20}=\frac{5\times4}{15\times4}-\frac{5\times3}{20\times3}=\frac{20}{60}-\frac{15}{60}=\frac{20-15}{60}=\mathbf{\frac{5}{60}}$.

Ce qu'il faut retenir

Définition

→ Soient a et b deux nombres entiers avec $b \neq 0$.

Le quotient de a par b est le nombre qui multiplié par b donne a.

On le note $a \div b$ ou avec la fraction $\frac{a}{b}$. On dit qu'il s'agit d'un **nombre rationnel**.

Écriture fractionnaire : $\frac{\text{NUMÉRATEUR}}{\text{DÉNOMINATEUR}}$

Le dénominateur ne doit pas être nul.

Définition

→ Une **fraction** est un quotient de deux nombres entiers. C'est un nombre rationnel.

→ Une **écriture fractionnaire** est une écriture d'un quotient avec un trait de fraction mais le numérateur et/ou le dénominateur ne sont pas forcément des nombres entiers.

Propriété

→ Prendre une fraction d'une quantité, c'est multiplier cette fraction par la quantité donnée.

Propriété

→ On dit que deux **fractions** sont **égales** quand on multiplie (ou divise) son numérateur **et** son dénominateur par un même nombre différent de zéro.

Règle 1

→ Soient a, b et c trois nombres avec c différent de 0 et positif.

Si deux fractions ont le même dénominateur alors la plus grande est celle qui a le plus grand numérateur : si $a < b$ alors $\frac{a}{c} < \frac{b}{c}$.

Méthode

- Pour comparer deux fractions de dénominateurs différents, on doit les écrire avec le même dénominateur.

Définition

- **Simplifier une fraction**, c'est écrire une fraction qui lui est égale avec un numérateur et un dénominateur plus petits et toujours entiers.

Propriété

- Si **deux écritures fractionnaires sont égales**, alors leurs **produits en croix sont égaux.**
- Soient quatre nombres relatifs *a*, *b*, *c* et *d* avec *b* et *d* non nuls.

Si $\frac{a}{b}=\frac{c}{d}$ alors $a\times d=b\times c$

Règle 2

- Pour additionner (ou soustraire) deux fractions de même dénominateur :
  - on additionne (ou on soustrait) les numérateurs ;
  - on conserve le dénominateur commun.
- Soient *a*, *b* et *c* trois nombres relatifs avec $c \neq 0$.

$\frac{a}{c}+\frac{b}{c}=\frac{a+b}{c}$ et $\frac{a}{c}-\frac{b}{c}=\frac{a-b}{c}$

Règle 3

- Pour additionner (ou soustraire) deux fractions de dénominateurs différents, on écrit les quotients avec le même dénominateur. On dit qu'on les <u>réduit au même dénominateur</u>.

> **Remarque :** Pour trouver un dénominateur commun à deux fractions, il faut chercher un multiple commun aux deux dénominateurs.

Chapitre 5

Les triangles

Sous-chapitre 1

Niveau basique

Questions

1 Quelle est la définition d'une hauteur d'un triangle ?

Aide : *utiliser le vocabulaire, sommet, perpendiculaire, côté opposé.*

2 Quelle est la définition de la médiatrice d'un segment ?

Aide : *utiliser le vocabulaire, segment, milieu, perpendiculaire.*

3 Est-ce que la droite (TG) est perpendiculaire au segment (KI) ?

Aide : *observer le codage.*

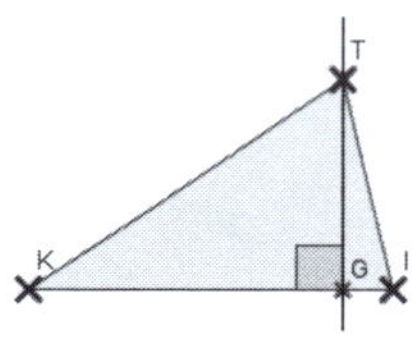

4 En reprenant le dessin de la question précédente, est-ce que (TG) est une hauteur du triangle KIT ?

Aide : *reprendre la définition de la question 1.*

5 Est-ce que la droite (JP) est la médiatrice du segment [FD] ?

Aide : *reprendre la définition de la question 2.*

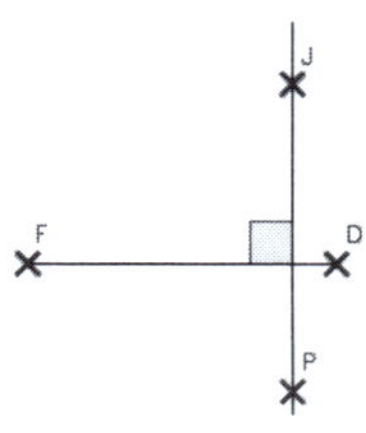

Triangle constructible, droites remarquables et angles

Niveau basique

Réponses

1. Dans un triangle, **une hauteur est la droite qui passe par un sommet et qui est perpendiculaire au côté opposé.**

2. La **médiatrice d'un segment est la droite qui passe par le milieu de ce segment et qui est perpendiculaire au segment.**

3. Le codage nous indique que l'angle $\widehat{TGI}$ **est un angle droit.** Deux droites perpendiculaires sont deux droites qui se coupent en formant un angle droit. **Donc les droites (TG) et (KI) sont perpendiculaires.**

4. La droite **(TG) passe par le sommet T et est perpendiculaire au côté [KI] qui est le côté opposé au sommet T.** Donc la droite **(TG) est une hauteur du triangle KIT.**

5. Le codage nous indique que les droites **(JP) et (FD) sont perpendiculaires** car elles se coupent en formant un angle droit. La droite **(JP) ne passe pas par le milieu du segment [FD].** Donc la droite **(JP) n'est pas la médiatrice du segment [FD].**

6. Combien vaut la somme des mesures des angles d'un triangle ?

Aide : *cette valeur est toujours la même.*

Niveau intermédiaire

Questions

1. Que faut-il pour qu'un triangle puisse être construit ?

2. Comment s'appelle cette propriété ?

3. Est-ce que le triangle FED tel que FE = 8 cm, ED = 6 cm et FD = 4 cm est constructible ?

4. Est-ce que le triangle GFD tel que GF = 10 cm, FD = 7 cm et GD = 2,5 cm est constructible ?

5. Est-ce la droite (EB) est une hauteur du triangle EFD ?

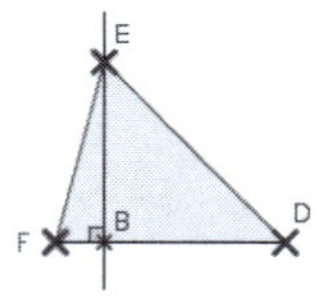

6. Dans le triangle suivant, citez une médiatrice.

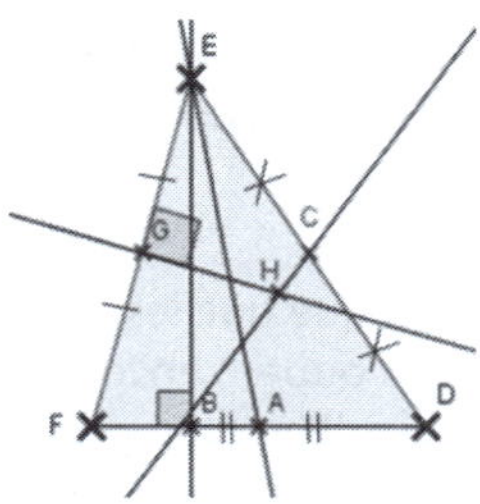

6 **La somme des mesures des angles d'un triangle est égale à 180°.**

Niveau intermédiaire

Réponses

1 Il faut que **la longueur du plus grand côté soit plus petite que la somme des longueurs des deux autres côtés.**

2 Cette propriété est **l'inégalité triangulaire.**

3 Le plus long côté est [FE]. ED + FD = 6 + 4 = 10. FE < ED + FD donc le plus grand côté est plus petit que la somme des longueurs des deux autres côtés. **Le triangle FED est constructible.**

4 Le plus long côté est [GF]. FD + GD = 7 + 2,5 = 9,5.
GF > FD + GD donc le plus grand côté est plus grand que la somme des longueurs des deux autres côtés. **Le triangle GFD n'est pas constructible.**

5 La droite (EB) est perpendiculaire au côté [FD] qui est le côté opposé au sommet E.
La droite **(EB) est donc une hauteur du triangle EFD.**

6 Une médiatrice est une droite qui passe par le milieu d'un segment et qui est perpendiculaire à ce segment.
(CH) passe par le milieu de [ED] mais n'est pas perpendiculaire à [ED].
(EB) est perpendiculaire à [FD] mais ne passe pas par le milieu de [FD].
(GH) est perpendiculaire à [EF] et passe par le milieu de [EF]. **Donc (GH) est une médiatrice du triangle EFD.**

Questions

7 Dans le triangle suivant, citer une hauteur.

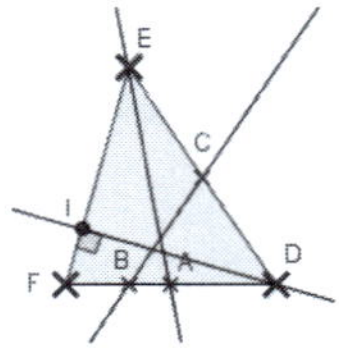

8 Est-ce que la droite (EA) est la médiatrice du segment [FD] ?

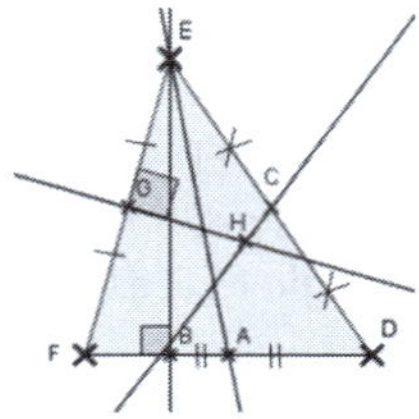

9 Est-ce que le triangle BIC tel que BI = 4 cm, IC = 5 cm et CB = 1 cm est constructible ?

10 Dans le triangle suivant, tracer la hauteur issue de S.

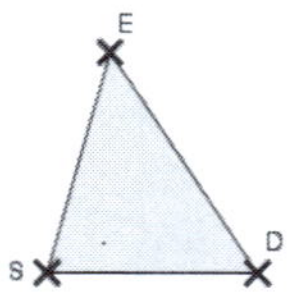

11 Quelle particularité possède un triangle isocèle si on parle de ses angles ?

12 Quelle particularité possède un triangle équilatéral si on parle de ses angles ?

13 Dans le triangle NJF, $\widehat{NJF} = 55°$, $\widehat{JFN} = 33°$, quelle est la mesure de $\widehat{FNJ}$?

Réponses

7 Une hauteur est une droite qui passe par un sommet et qui est perpendiculaire au côté opposé.
(EA) passe par le sommet E et est sécante avec le côté [FD].
(ID) passe par le sommet D et est perpendiculaire au côté [FE]. **Donc (ID] est une hauteur du triangle FED.**

8 La droite (EA) passe par le sommet E et par le milieu du côté [FD]. (EA) n'est pas perpendiculaire à [FD] donc **(EA) n'est pas la médiatrice du segment [FD].**

9 BI + CB = 4 + 1 = 5. Donc IC = BI + CB. **Nous pouvons donc construire le triangle BIC. On dit qu'il est aplati.**

10 La hauteur issue de S **doit passer par le sommet S et être perpendiculaire au côté opposé qui est le côté [ED].**

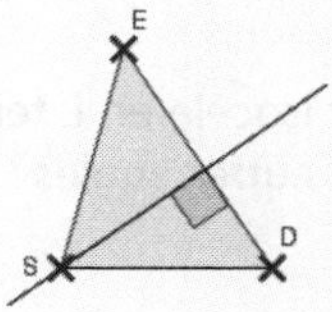

11 **Un triangle isocèle possède deux angles de même mesure.**
Ce sont ceux qui ont pour côté la base du triangle.

12 **Un triangle équilatéral a tous ses angles de même mesure.**
Ils mesurent 60° chacun.

13 $\widehat{NJF} + \widehat{JFN} + \widehat{FNJ} = 180$. Donc $\widehat{FNJ} = 180 - \widehat{FJN} - \widehat{NJF}$

$\widehat{FNJ} = 180 - 55 - 33 = 180 - 88 = 92$. Donc $\boldsymbol{\widehat{FNJ} = 92°}$.

Niveau expert

Questions

1 Est-ce que le triangle BOL tel que BO = 4,2 cm, OL = 1,8 cm et LB = 2,5 cm est constructible ?

2 Dans le triangle suivant, tracer la hauteur issue de C.

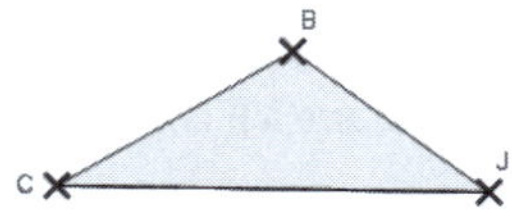

3 Dans le triangle suivant est-ce que (GW) est une médiatrice du triangle ?

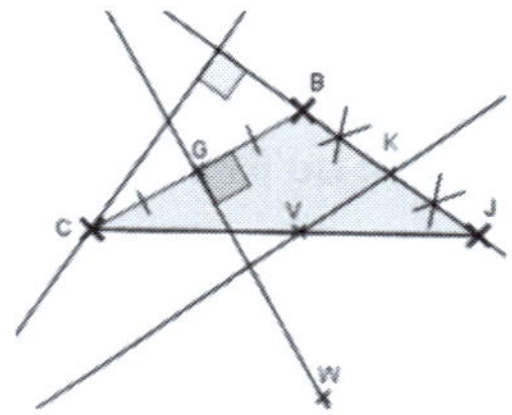

4 Le triangle GLW est isocèle en L tel que $\widehat{LWG} = 35°$. Quelles sont les mesures de tous ces autres angles ?

Niveau expert

Réponses

1 Le plus long côté est [BO]. OL + LB = 1,8 + 2,5 = 4,3 cm.
BO < OL + LB donc le triangle **BOL est constructible.**

2 La hauteur issue de C **passe par C et est perpendiculaire au côté [BJ]. Ici, il faut prolonger la droite (BJ).**

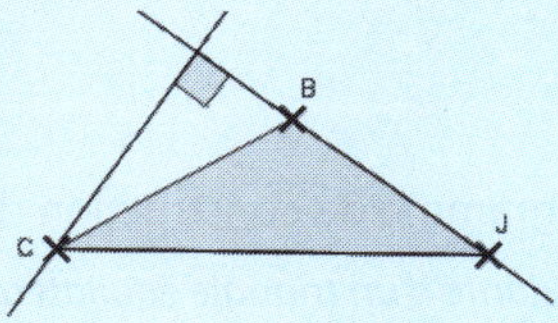

3 La droite (GW) est perpendiculaire au côté [CB] qui est un côté du triangle.
La droite (GW) passe par le milieu du segment [CB].
La droite (GW) est donc perpendiculaire au segment [CB] et passe par son milieu.
La droite **(GW) est donc une médiatrice du triangle CBJ.**

4 Le triangle est isocèle en L donc $\widehat{LWG} = \widehat{LGW} = 35°$.

De plus, $\widehat{LWG} + \widehat{LGW} + \widehat{GLW} = 180°$.

Donc 35° + 35° + $\widehat{GLW}$ = 180°, et $\widehat{GLW} = 180° - 70° = 110°$.

Ainsi $\widehat{LWG} = \widehat{LGW} = 35°$ et $\widehat{GLW} = 110°$.

Sous-chapitre 2

Niveau basique

Questions

1. Donner le programme de construction d'un triangle équilatéral.

   Aide : *particularité d'un triangle équilatéral.*

2. Quelle est la définition d'un triangle isocèle ?

   Aide : *particularité d'un triangle isocèle.*

3. Comment s'appelle le sommet d'un triangle isocèle où les deux côtés de même mesure se rejoignent ?

   Aide : *vocabulaire du triangle isocèle.*

4. Comment s'appelle le côté opposé au sommet principal d'un triangle isocèle ?

   Aide : *vocabulaire triangle isocèle.*

Niveau intermédiaire

Questions

1. Écrire un programme de construction pour tracer le triangle BEN tel que :
   BE = 5 cm
   EN = 3 cm
   NB = 10 cm.

Constructions

Niveau basique

Réponses

1. **Tracer un côté du triangle.**
Prendre un écartement du compas de la longueur de ce côté et **tracer un arc de cette longueur de centre chaque extrémité du segment tracé.** Le **point d'intersection des arcs est le troisième sommet du triangle.**

2. Un **triangle isocèle est un triangle qui possède deux côtés de même mesure.**

3. Le sommet où se rejoignent les deux côtés de même mesure s'appelle le **sommet principal.**

4. Le côté opposé au sommet principal s'appelle **la base du triangle isocèle.**

Niveau intermédiaire

Réponses

1. Tracer un segment **[NB] de longueur 10 cm.**
Tracer un **arc de cercle de rayon 5 cm et de centre B.**
Tracer un **arc de cercle de rayon 3 cm et de centre N.**
Le point **d'intersection** des deux arcs de cercle est **le point E.**
Tracer le triangle BEN.

Questions

2 Écrire un programme de construction pour tracer le triangle DAR tel que :

$\widehat{DAR} = 85°$
DA = 5 cm
AR = 3 cm.

3 Tracer un triangle CLB isocèle en B tel que :
CB = 5 cm
CL = 3 cm.

4 Tracer un triangle ETB équilatéral de côté 4 cm.

5 Écrire un programme de construction pour tracer le triangle MHB tel que :
MH = 4,5 cm

$\widehat{MHB} = 55°$

$\widehat{HMB} = 45°$.

6 Écrire un programme de construction pour tracer le triangle ROB isocèle en R tel que :
OB = 3,5 cm

$\widehat{BOR} = 35°$.

7 Écrire un programme de construction pour tracer le triangle LYD rectangle en L tel que :
LY = 5 cm
LD = 3 cm.

Réponses

2 Tracer un segment **[DA] de longueur 5 cm.**
Tracer un **angle de sommet A et de côté [DA] mesurant 85°** et faire une marque.
Tracer la **demi-droite d'origine A et passant par la marque de l'angle.**
Sur cette demi-droite, **placer le point R tel que AR = 3 cm. Relier les points D et R.**

3 Le triangle **CLB étant isocèle** en B, **CB = LB = 5 cm.**
Le dessin ci-dessous n'est pas en vraie grandeur.

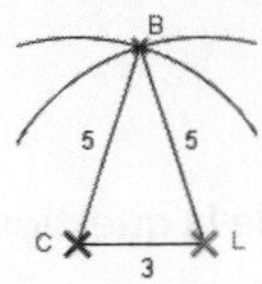

4 Le triangle **ETB étant équilatéral, ET = TB = EB = 4 cm.**
Le dessin ci-dessous n'est pas en vraie grandeur.

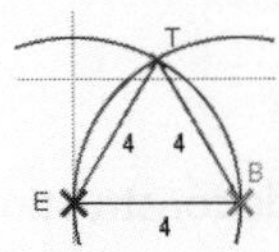

5 Tracer le segment **[MH] de longueur 4,5 cm.**
Tracer un **angle de sommet H et de côté [MH] mesurant 55°** et faire une marque. Tracer **la demi-droite d'origine H et passant par la marque.**
Tracer un **angle de sommet M et de côté [MH] mesurant 45°** et faire une marque. Tracer **la demi-droite d'origine M et passant par la marque.**
Le point d'**intersection** des deux demi-droites est **le point B.**

6 Tracer le segment **[OB] de longueur 3,5 cm.**

Le triangle est isocèle donc $\widehat{BOR} = \widehat{OBR} = 35°$.
Tracer **un angle de 35° de sommet O et de côté [OB] et un angle de 35° de sommet B et de côté [OB].**
Le point **d'intersection des deux demi-droites est le point R.**

7 Tracer le segment **[LY] de longueur 5 cm.**
Tracer la **perpendiculaire à [LY] passant par L.**
Sur cette droite perpendiculaire, **placer le point D tel que LD = 3 cm.**
Relier les points Y et D.

Niveau expert

Questions

1. Écrire un programme de construction pour tracer le triangle TIR rectangle et isocèle en I tel que :
IR = 3,6 cm.

2. Tracer le triangle TIR de la question précédente.

3. Écrire un programme de construction pour tracer le triangle PIC rectangle en P tel que :
PI = 3 cm
IC = 4,3 cm.

4. Tracer le triangle PIC de la question précédente.

Niveau expert

Réponses

1

Le triangle est rectangle en I donc $\widehat{\boldsymbol{TIR}} = 90°$.

Il est **isocèle en I** donc $\widehat{IRT} = \widehat{ITR}$. De plus $\widehat{IRT} + \widehat{ITR} = 90°$

Donc $\widehat{\boldsymbol{IRT}} = \widehat{\boldsymbol{ITR}} = 45°$.
Tracer le segment **[IR] de longueur 3,6 cm.**
Tracer un **angle droit de sommet I et de côté [IR] et un angle de sommet R et de côté [IR] mesurant 45°.**
Le point d'**intersection des demi-droites est le point T.**

2

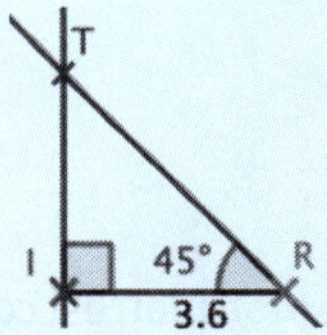

Le dessin n'est pas en vraie grandeur.

3

Tracer le segment **[PI] de longueur 3 cm.**
Tracer **la perpendiculaire à [PI] passant par P.**
Tracer un **arc de cercle de centre I et de rayon 4,3 cm.**
Le point d'**intersection** entre la perpendiculaire et l'arc de cercle est **le point C. Fermer le triangle PIC.**

4

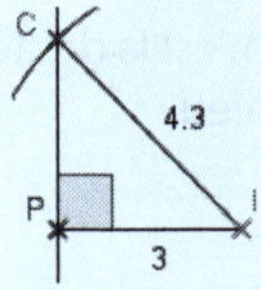

Le dessin n'est pas en vraie grandeur.

Ce qu'il faut retenir

Propriété (inégalité triangulaire)

- Dans un triangle (non plat), la longueur de chaque côté est strictement inférieure à la somme des longueurs des deux autres côtés.
- **Cas particulier** : triangle aplati ou points alignés

  Si $C \in [AB]$, alors AB = AC + CB.

  Si AB = AC + CB, alors le point

  $C \in [AB]$.

Méthode

- Pour savoir si un triangle (non plat) est constructible, il suffit de vérifier que la plus grande longueur est strictement inférieure à la somme des deux autres.

Propriété

- Dans tous les triangles, la somme des mesures des trois angles est égale à 180°.

Définition

- La médiatrice d'un segment est la droite qui est perpendiculaire à ce segment et qui le coupe en son milieu.

Définition

- Une hauteur d'un triangle est une droite qui passe par un sommet de ce triangle et qui est perpendiculaire au côté opposé à ce sommet.

Notes

Chapitre 6

Enchaînement d'opérations

Niveau basique

Questions

1. Dans un calcul avec seulement des additions, dans quel ordre fait-on les opérations ?

   Aide : *est-ce pareil de faire $2 + 3$ et $3 + 2$?*

2. Dans un calcul avec des additions et des soustractions uniquement, dans quel ordre fait-on les calculs ?

   Aide : *est-ce pareil de faire $3 - 2$ et $2 - 3$?*

3. Dans un calcul avec seulement des multiplications, dans quel ordre fait-on les calculs ?

   Aide : *est-ce pareil de faire 3×5 et 5×3 ?*

4. Dans un calcul avec des multiplications et des divisions uniquement, dans quel ordre fait-on les calculs ?

   Aide : *est-ce pareil de faire $5 \div 3$ et $3 \div 5$?*

5. Dans un calcul sans parenthèses avec des additions et des multiplications, dans quel ordre fait-on les calculs ?

   Aide : *est-ce pareil de faire $3 + 4 \times 2$ et $3 \times 4 + 2$?*

6. Comment s'appelle le résultat d'une addition ?

   Aide : *on dit faire la … de 2 et 3*

Niveau intermédiaire

Questions

1. Dans un calcul avec des parenthèses, dans quel ordre fait-on les calculs ?

2. Calculer $3 + 5 + 8 + 7 + 2 + 5$ astucieusement.

3. Calculer $3 \times 5 \times 4 \times 5 \times 6$ astucieusement.

Niveau basique

Réponses

1. On peut faire les calculs dans **l'ordre que l'on veut** car **l'addition est commutative**. On pourra donc regrouper les termes qui s'assemblent bien pour faire du calcul astucieux.
$3 + 2 + 5 + 8 = 3 + 2 + 8 + 5$ par exemple.

2. **L'ordre est important**, il faut faire les calculs dans le sens de lecture, c'est-à-dire **de gauche à droite**.
$5 - 3 + 2 \neq 3 - 5 + 2$.

3. On peut faire les calculs dans **l'ordre que l'on veut** car la **multiplication est commutative**. On pourra donc regrouper les facteurs qui s'assemblent bien pour faire du calcul astucieux.

4. **L'ordre est important**, il faut faire les calculs dans le sens de lecture, c'est-à-dire **de gauche à droite**.
$5 \times 4 \div 2 \neq 4 \times 5 \div 2$.

5. **L'ordre est important**, on fait d'abord les multiplications avant les additions. On dit que **la multiplication est prioritaire sur l'addition et la soustraction.**

6. **Le résultat d'une addition est une somme.**

Niveau intermédiaire

Réponses

1. **On effectue en priorité les calculs entre parenthèses.**

2. **On remarque que $7 + 3 = 10$, $8 + 2 = 10$ et $5 + 5 = 10$.**
Donc $3 + 5 + 8 + 7 + 2 + 5 = 3 + 7 + 5 + 5 + 8 + 2 = 10 + 10 + 10$.
Ainsi $3 + 5 + 8 + 7 + 2 + 5 = 30$.

3. **On remarque que $5 \times 5 = 25$ et $25 \times 4 = 100$.**
Donc $3 \times 5 \times 4 \times 5 \times 6 = 3 \times 6 \times 5 \times 5 \times 4 = 3 \times 6 \times 25 \times 4$.
Ainsi $3 \times 5 \times 4 \times 5 \times 6 = 3 \times 6 \times 100 \times = 18 \times 100 = 1\,800$.

Questions

4 Calculer $5 + 10{,}5 - 4{,}5 + 8$.

5 Calculer $8 \times 2 \div 2$.

6 Calculer $4 \times (2{,}8 + 3{,}2)$.

7 Calculer $1{,}45 + 4 \times 5$.

8 Calculer $\dfrac{8{,}3 - 4{,}3}{3}$.

9 Calculer $(8{,}3 + 5{,}7) \times (3{,}5 - 1{,}5)$.

10 Calculer $\dfrac{7{,}2 - 4{,}2}{5{,}8 + 0{,}2}$.

11 Dans un calcul avec des parenthèses à l'intérieur d'autres parenthèses, quel est l'ordre de calcul ?

12 Calculer $2 \times (4 + 2 \times (18 - 9))$.

13 Comment s'appelle le résultat d'une soustraction ?

14 Comment s'appelle le résultat d'une multiplication ?

15 Que regarde-t-on quand on veut connaître la nature d'une expression ?

16 Comment s'appelle le résultat d'une division ?

Réponses

4 **On fait les calculs de gauche à droite car il y a des additions et des soustractions.**
$5 + 10{,}5 - 4{,}5 + 8 = 15{,}5 - 4{,}5 + 8 = 11 + 8 = \mathbf{19}$.

5 **On fait les calculs de gauche à droite car il y a des multiplications et des divisions.**
$8 \times 2 \div 2 = 16 \div 2 = \mathbf{8}$.

6 **On fait en priorité les calculs entre parenthèses.**
$4 \times (2{,}8 + 3{,}2) = 4 \times 6 = \mathbf{24}$.

7 **Sans parenthèses, les multiplications sont prioritaires sur les additions et les soustractions.**
$1{,}45 + 4 \times 5 = 1{,}45 + 20 = \mathbf{21{,}45}$.

8 **La barre de fraction symbolise une division et l'opération du numérateur symbolise des parenthèses.**
Donc $\dfrac{8{,}3-4{,}3}{3} = \dfrac{4}{3}$ ou $\dfrac{8{,}3-4{,}3}{3} = (8{,}3-4{,}3) \div 3 = 4 \div 3 = \dfrac{4}{3}$.

9 **Les parenthèses sont prioritaires.**
Donc $(8{,}3 + 5{,}7) \times (3{,}5 - 1{,}5) = 14 \times 2 = \mathbf{28}$.

10 **On calcule en premier le numérateur et le dénominateur avant d'écrire la fraction et de la simplifier si possible.**
Donc $\dfrac{7{,}2-4{,}2}{5{,}8+0{,}2} = \dfrac{3}{6} = \dfrac{1}{2}$.

11 **On calcule en premier les parenthèses les plus intérieures (les plus petites).**

12 **On commence par les parenthèses les plus petites.**
Donc $2 \times (4 + 2 \times (18 - 9)) = 2 \times (4 + 2 \times 9) = 2 \times (4 \times 18)$.
Ainsi $2 \times (4 + 2 \times (18 - 9)) = 2 \times 72 = \mathbf{144}$.

13 **Le résultat d'une soustraction est une différence.**

14 **Le résultat d'une multiplication est un produit.**

15 **On cherche la dernière opération effectuée.**

16 **Le résultat d'une division est un quotient.**

Questions

17 Quelle est la nature de l'expression suivante : $14 \times 2 + 3$.

18 Écrire la somme du produit de 2 par 3 et 8.

Niveau expert

Questions

1 Simon est abonné à un magazine mensuel mais il ne reçoit pas les hors-séries. L'abonnement coûte 15,60 € par trimestre et il y a un hors-série par semestre qui coûte 6,90 €. Écrire une seule ligne de calcul pour le montant que dépense Simon en un an pour son magazine.

2 Calculer $4 \times 15{,}60 + 2 \times 6{,}90$.

3 Une consommation d'électricité se mesure en kilowattheure (kWh). Pour calculer cette consommation, on multiplie la puissance de l'appareil utilisé (en kW) par sa durée d'utilisation en heure. Pour laver son linge, Suzanne utilise son lave-linge (2 800 W) pendant 45 min et son sèche-linge (3 kW) pendant 2 h.
1 kWh coûte environ 0,1518 €.
Écrire le coût d'électricité en une seule expression.

4 Calculer $0{,}1518 \times (2{,}8 \times 0{,}75 + 3 \times 2)$.

5 Écrire le produit de 3 par la différence de 5 et 2.

Réponses

17 **La dernière opération effectuée est l'addition, donc cette expression est une somme.**

18 L'expression est $\mathbf{2 \times 3 + 8}$.

Niveau expert

Réponses

1 Dans une année il y a 4 trimestres et 2 semestres.
Il faut donc $4 \times 15{,}60$ et $2 \times 6{,}90$.
Pour savoir ce que Simon dépense en un an au total, il faut additionner le coût de l'abonnement et celui des hors-séries.
Donc **l'expression obtenue est $\mathbf{4 \times 15{,}60 + 2 \times 6{,}90}$.**

2 Les multiplications sont prioritaires sur les additions et les soustractions.
$\mathbf{4 \times 15{,}60 + 2 \times 6{,}90 = 62{,}40 + 13{,}80 = 76{,}20}$.

3 Pour le lave-linge : 2 800 W = 2,8 kW et 45 minutes = 0,75 h.
Pour le sèche-linge : 3 kW et 2 h
1 kWh = 0,1518 €
On va donc multiplier la puissance de chaque machine par le temps que Suzanne les utilise pour faire sa lessive.
$2{,}8 \times 0{,}75 + 3 \times 2$.
On va maintenant multiplier la consommation par le prix du kilowattheure.
L'expression est $\mathbf{0{,}1518 \times (2{,}8 \times 0{,}75 + 3 \times 2)}$.

4 On commence par les calculs entre parenthèses.
Dans la parenthèse, on commence par les multiplications.
$0{,}1518 \times (2{,}8 \times 0{,}75 + 2 \times 3) = 0{,}1518 \times (2{,}1 + 6)$
$\mathbf{0{,}1518 \times (2{,}8 \times 0{,}75 + 2 \times 3) = 0{,}1518 \times 8{,}1 = 1{,}22958}$

5 L'expression est : $\mathbf{5 \times (5 - 2)}$ car la multiplication doit se faire en dernier.

Ce qu'il faut retenir

Une **égalité** est une écriture de la forme «… = …». Elle associe deux écritures différentes d'un même nombre.

Règle n° 1

Dans une suite d'opérations avec des parenthèses, **les calculs entre parenthèses s'effectuent en priorité**.

> **Remarque**: En cas de **parenthèses « emboîtées »**, on effectue en **priorité** les calculs qui sont dans **les parenthèses les plus « intérieures »**.

Règle n° 2

Dans une suite d'opérations **sans parenthèses**, composée **uniquement d'additions et de soustractions**, on effectue les calculs « **de gauche à droite** ».

> **Remarque**: Si la suite d'opérations n'est composée que d'additions, on peut effectuer les calculs dans l'ordre que l'on veut.

Règle n° 3

Dans une suite d'opérations **sans parenthèses**, on effectue les **multiplications et les divisions en priorité** sur les additions et sur les soustractions.

Règle n° 4

Dans une suite d'opérations **sans parenthèses**, composée **uniquement de multiplications et de divisions**, on effectue les calculs de « **gauche à droite** ».

> **Remarque**: Si la suite d'opérations n'est composée que de multiplications, on peut effectuer les calculs dans l'ordre que l'on veut.

Définitions

1. Le résultat d'une addition s'appelle une **somme** et les nombres utilisés sont appelés les **termes**.

2. Le résultat d'une soustraction s'appelle une **différence** et les nombres utilisés sont appelés les **termes**.
3. Le résultat d'une multiplication s'appelle un **produit** et les nombres utilisés sont appelés les **facteurs**.
4. Le résultat d'une division s'appelle un **quotient**.

> **Remarque**: Pour connaître la nature d'une expression, on regarde la dernière opération effectuée.

Chapitre 7

Les quadrilatères

Sous-chapitre 1

Niveau basique

Questions

1. Qu'est-ce qu'un quadrilatère ?

   Aide : *Combien de côtés a-t-il ?*

2. Qu'est-ce qu'un losange ?

   Aide : *Quelle est la particularité de ses côtés ?*

3. Qu'est-ce qu'un rectangle ?

   Aide : *Quelle est la particularité de ses angles ?*

4. Qu'est-ce qu'un carré ?

   Aide : *Quelles sont les particularités de ses angles et côtés ?*

5. Est-ce qu'un carré est un rectangle ?

   Aide : *Pensez aux particularités du rectangle et du carré.*

Niveau intermédiaire

Questions

1. Qu'est-ce qu'un parallélogramme ?

   Aide : *Comment sont les côtés d'un parallélogramme ?*

2. Quelle est la particularité des diagonales d'un parallélogramme ?

3. Quelle est la particularité des angles d'un parallélogramme ?

4. Quelles sont les particularités des diagonales d'un rectangle ?

Définitions et propriétés

Niveau basique

Réponses

1. Un quadrilatère est un polygone à 4 côtés.

2. Un losange est un quadrilatère qui a les 4 côtés de même longueur.

3. Un rectangle est un quadrilatère qui a 4 angles droits.

4. Un carré est un quadrilatère qui a ses 4 côtés de même longueur et 4 angles droits.

5. **Oui**, ils ont tous les deux 4 angles droits.

Niveau intermédiaire

Réponses

1. **Un parallélogramme est un quadrilatère qui a ses côtés opposés parallèles deux à deux et de même longueur.**

2. **Les diagonales d'un parallélogramme se coupent en leur milieu.**

3. **Les angles opposés ont la même mesure et deux angles consécutifs sont supplémentaires (leur somme vaut 180°).**

4. **Les diagonales d'un rectangle sont de même longueur et se coupent en leur milieu.**

Questions

5 Quelles sont les particularités des diagonales d'un carré ?

6 Que manque-t-il aux diagonales d'un parallélogramme pour qu'il soit un rectangle ?

7 Que manque-t-il aux diagonales d'un rectangle pour qu'il soit un carré ?

8 Que manque-t-il aux angles d'un losange pour qu'il soit un carré ?

9 Quelles sont les particularités des diagonales d'un losange ?

10 Est-ce qu'un carré a un centre de symétrie ?

11 Est-ce qu'un parallélogramme a un centre de symétrie ?

12 Est-ce qu'un losange est un parallélogramme ?

13 Vrai ou faux : Si un quadrilatère a ses côtés opposés parallèles deux à deux alors c'est un parallélogramme.

14 Vrai ou faux : Si un quadrilatère a ses diagonales de même longueur c'est un parallélogramme.

15 Vrai ou faux : Si un quadrilatère à deux côtés opposés parallèles et de même longueur c'est un parallélogramme.

Niveau expert

Questions

1 Quelle est la nature d'un quadrilatère qui a ses côtés opposés de même longueur ?

2 Quelle est la nature d'un quadrilatère qui a ses côtés opposés parallèles et deux côtés consécutifs de même longueur ?

Réponses

5 **Les diagonales d'un carré sont de même longueur, se coupent en leur milieu et sont perpendiculaires.**

6 **Il manque qu'elles soient de la même longueur** car elles se coupent déjà en leur milieu.

7 **Il manque qu'elles soient perpendiculaires** car elles sont déjà de même longueur et se coupent en leur milieu.

8 **Il manque un angle droit** car les côtés sont déjà de même longueur.

9 **Elles sont perpendiculaires et se coupent en leur milieu.**

10 **Oui, c'est le point d'intersection de ses diagonales.**

11 **Oui, c'est le point d'intersection de ses diagonales.**

12 **Oui car ses côtés opposés sont parallèles deux à deux.**

13 **Vrai.** C'est une définition du parallélogramme.

14 **Faux,** Il faut que les diagonales se coupent en leur milieu pour que le quadrilatère soit un parallélogramme.

15 **Vrai.** Si un quadrilatère a une paire de côtés opposés parallèles et de même longueur les deux autres côtés sont obligatoirement parallèles et de même longueur.

Niveau expert

Réponses

1 C'est un **parallélogramme**.

2 Il a ses côtés opposés parallèles donc c'est un parallélogramme **et** il a deux côtés consécutifs de même longueur donc tous ses côtés sont de même longueur. Donc c'est **un losange**.

Questions

3 Vrai ou faux : Si un quadrilatère est à la fois un losange et un rectangle ce quadrilatère est un carré.

4 Quelle est la nature d'un quadrilatère qui a ses diagonales qui se coupent en leur milieu et qui sont perpendiculaires ?

5 Vrai ou faux : Si un parallélogramme possède un angle droit alors c'est un rectangle.

Réponses

3 **Vrai.** Le carré a les propriétés du losange (par exemple les diagonales sont perpendiculaires et se coupent en leur milieu) et les propriétés du rectangle (les diagonales ont la même longueur).

4 Les diagonales se coupent en leur milieu donc c'est un parallélogramme et elles sont perpendiculaires donc c'est un **losange**.

5 **Vrai**. Le parallélogramme a ses côtés opposés de même longueur donc si deux côtés sont perpendiculaires (s'il a un angle droit) alors ce sera un rectangle.

Sous-chapitre 2

Niveau basique

Questions

1. Tracer un rectangle de 3 carreaux de largeur et 5 carreaux de longueur.

2. Tracer un carré de 5 carreaux de côté.

3. Comment fait-on pour tracer un losange de 3 cm de côté ?

4. Construire un losange de 3 cm de côté.

Construction

Niveau basique

Réponses

1. La construction ressemble à ce qui suit. Attention elle n'est pas en vraie grandeur.

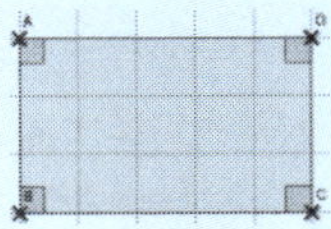

2. La construction ressemble à ce qui suit. Attention elle n'est pas en vraie grandeur.

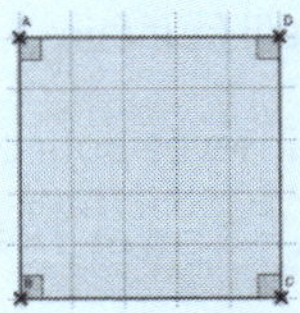

3. **On trace deux côtés consécutifs** de 3 cm. Ensuite **on utilise le compas avec un écartement de 3 cm pour placer le dernier sommet.**

4. La construction ressemble à ce qui suit. Attention elle n'est pas en vraie grandeur.

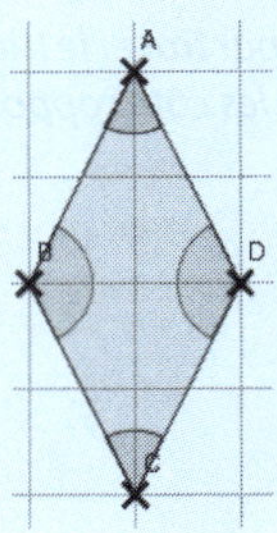

Niveau intermédiaire

Questions

1 Comment construire le parallélogramme EFGH tel que EG = 6 cm et FH = 4 cm.

2 Comment fait-on pour construire un parallélogramme en connaissant les longueurs de ses diagonales ?

3 Construire un parallélogramme EFGH tel que EG = 6 cm et FH = 4 cm.

4 Si vous avez du mal à tracer un parallélogramme, que peut-on faire pour mieux visualiser ce qu'il faut faire ?

5 Faire un schéma à main levée pour construire un parallélogramme TRAC tel que TR = 6 cm, RA = 3 cm et $\widehat{TRA} = 70°$.

6 Construire, en vraie grandeur, le parallélogramme de la question précédente.

Aide : *on commence par tracer le triangle TRA et on reporte correctement les longueurs pour que les côtés opposés soient de même mesure.*

Niveau intermédiaire

Réponses

1 On connaît les longueurs des diagonales du parallélogramme. On sait que les diagonales se coupent en leur milieu. **On va tracer par exemple [EG], marquer son milieu et tracer [FH] tel que le milieu de [EG] soit aussi le milieu de [FH].**

2 **On trace une première diagonale.** On **marque son milieu.** On trace ensuite la **seconde diagonale de sorte que le milieu de la première soit aussi le milieu de la seconde.**

3 Le parallélogramme ressemble à ce qui suit. Attention il n'est pas en vraie grandeur.

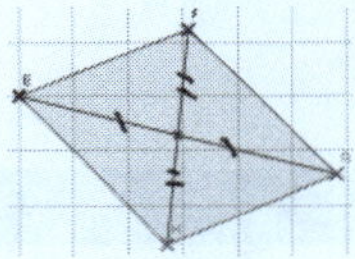

4 On fait un **schéma à main levée** et on code les informations connues (longueurs, angles…)

5 Étape 1

Étape 2 (codage)

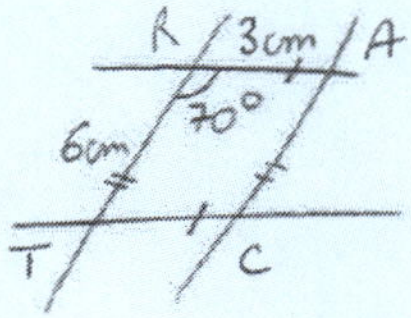

6 On **trace le segment [TR].** On fait une marque avec le **rapporteur pour que l'angle $\widehat{TRA}$** mesure 70°. Avec cette marque, on **trace le segment [RA].** Ensuite avec le **compas,** on prend **l'écartement de [TR] que l'on reporte depuis le point A** en faisant un arc de cercle. On prend enfin **l'écartement de [RA] que l'on reporte depuis le point T. L'intersection des deux arcs de cercle est le point C.**

Questions

7 Faire un schéma à main levée pour construire un parallélogramme GRIS tel que GR = 5 cm, RI = 4 cm et GI = 7 cm.

8 Construire en vraie grandeur le parallélogramme de la question précédente.

Aide : *on commence par tracer les segments dont on connaît la longueur. On trace ensuite les autres côtés pour que les côtés opposés soient égaux.*

Niveau expert

Questions

1 Faire un schéma à main levée pour construire un parallélogramme MOIS tel que MI = 8 cm et OS = 6 cm.

2 Construire un losange POLE tel que PO = 4 cm et $\widehat{OPE} = 60°$.

Aide : *faire un schéma à main levée, le coder et ensuite construire le losange. Attention aux propriétés du losange.*

3 Construire le parallélogramme FORT tel que FO = 4 cm, FT = 5 cm et $\widehat{ORT} = 75°$.

Aide : *faire un schéma à main levée, le coder et ensuite construire le losange. Attention aux propriétés des parallélogrammes.*

Réponses

7. On trace d'abord un parallélogramme générique, ensuite **on code les informations données dans l'énoncé.**

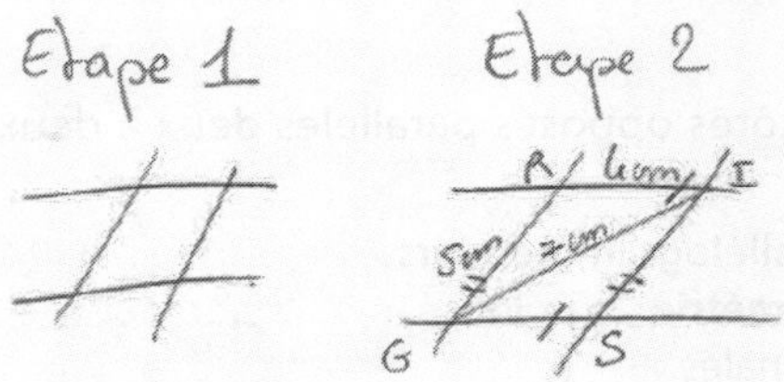

8. On **trace le segment [GI].** Ensuite on termine la construction du **triangle GRI avec le compas. On reporte ensuite la longueur du segment [GR] depuis I.** Enfin on **reporte la longueur du segment [RI] depuis G.** Le **point d'intersection des deux arcs de cercle est le point S.** On **termine de tracer le parallélogramme GRIS.**

Niveau expert

Réponses

1. Il faut coder correctement le dessin et faire apparaître le fait que **les diagonales se coupent en leur milieu.**

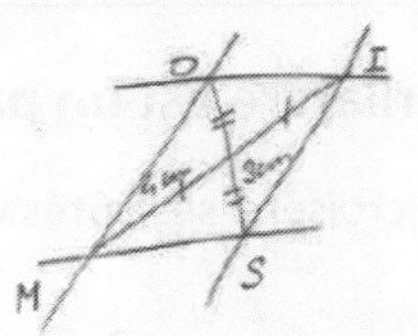

2. Le losange a ses **4 côtés de même longueur.** On trace donc le segment [PO]. Ensuite on fait **l'ange de sommet P et de mesure 60°. [PE] mesure 4 cm.** On trace ensuite **deux arcs de cercle avec le compas d'écartement 4 cm depuis O et E.** Le point **d'intersection est le point L.** On **termine le tracé.**

3. En faisant le schéma à main levée, on remarque que l'angle donné est l'angle opposé à l'angle $\widehat{TFO}$. Les angles opposés d'un parallélogramme ont la même mesure, donc $\widehat{ORT} = \widehat{TFO} = 75°$. Il ne reste plus qu'à **construire le triangle FOT et utiliser le compas pour le dernier sommet.**

Ce qu'il faut retenir

Un quadrilatère qui a ses côtés opposés parallèles deux à deux est un **parallélogramme**.

Si un quadrilatère est un **parallélogramme**, alors :

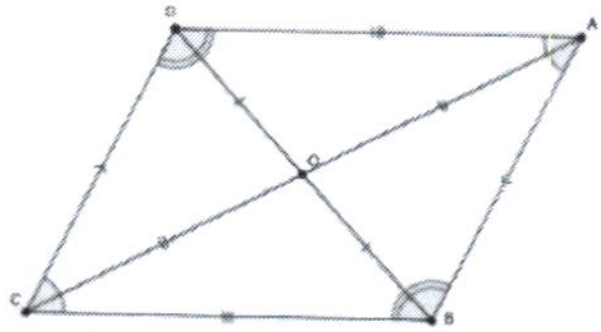

- Il possède un **centre de symétrie** : le point d'intersection de ses diagonales.
- Ses **côtés opposés sont parallèles**.
- Ses **côtés opposés ont la même longueur**.
- Ses **diagonales se coupent en leur milieu**.
- Ses **angles opposés ont la même mesure**.
- Deux **angles consécutifs sont supplémentaires** (leur somme fait 180°).

> **Remarque** :
>
> Pour faciliter la construction je fais un schéma à main levée.
>
> Je code ensuite les informations connues du parallélogramme.
>
> Nous remarquerons rapidement que pour construire un parallélogramme, le plus souvent, nous construisons au départ un triangle.
>
> Nous utilisons les propriétés du parallélogramme pour construire le dernier sommet.

Prouver qu'un quadrilatère est un parallélogramme

Si un quadrilatère (non croisé) à ses **côtés opposés parallèles**, alors c'est un parallélogramme.

Si un quadrilatère (non croisé) a ses **côtés opposés de même longueur**, alors c'est un parallélogramme.

Si un quadrilatère (non croisé) a **deux côtés opposés parallèles et de même longueur**, alors c'est un parallélogramme.

Si un quadrilatère a **ses diagonales qui se coupent en leur milieu**, alors c'est un parallélogramme.

Du parallélogramme au rectangle, losange ou carré

Si un parallélogramme possède **un angle droit** (deux côtés consécutifs perpendiculaires), alors c'est un **rectangle**.

Si un parallélogramme possède **des diagonales de même longueur**, alors c'est un **rectangle**.

Si un parallélogramme possède **deux côtés consécutifs de même longueur**, alors c'est un **losange**.

Si un parallélogramme possède **des diagonales perpendiculaires**, alors c'est un **losange**.

Si un quadrilatère est à la fois **un rectangle et un losange**, alors c'est un **carré**.

Chapitre 8

Opérations avec les nombres relatifs

Niveau basique

Questions

1. Quel est l'opposé de 4 ?

   Aide : *il a la même partie numérique et pas le même signe.*

2. Calculer 4 + 6.

3. Calculer 10 – 7.

4. Calculer (+5) + (+3).

   Aide : *on peut enlever les parenthèses et les signes +.*

5. Quelle opération donne une différence comme résultat ?

   Aide : *penser aux 4 opérations, par exemple le résultat d'une addition est une somme.*

Niveau intermédiaire

Questions

1. Quelle est la règle pour additionner deux nombres relatifs positifs ?

2. Calculer (+15,5) + (+2,5).

3. Quelle est la règle pour additionner deux nombres relatifs négatifs ?

4. Calculer (–14) + (–5).

5. Quelle est la règle pour additionner deux nombres relatifs de signes différents ?

6. Calculer (+15) + (–18).

Niveau basique

Réponses

1. **–4.**

2. **4 + 6 = 10.**

3. **10 – 7 = 3.**

4. **(+5) + (+3) = 5 + 3 = 8.**

5. **Une différence est le résultat d'une soustraction.**

Niveau intermédiaire

Réponses

1. **On conserve le signe positif et on additionne les parties numériques.**

2. **(+15,5) + (+2,5) = +18.**
On conserve le signe et on additionne les parties numériques.

3. **On conserve le signe négatif et on additionne les parties numériques.**

4. **(–14) + (–5) = –19.**
On conserve le signe et on additionne les parties numériques.

5. **On conserve le signe du nombre qui a la plus grande partie numérique. Ensuite on fait la différence de la plus grande partie numérique par la plus petite.**

6. On observe que le nombre –18 a la plus grande partie numérique donc le signe sera –.
On fait ensuite 18 – 15 = 3.
Donc **(+15) + (–18) = –3.**

Questions

7 Calculer (–20) + (+22).

8 Quelle est la somme de deux nombres relatifs opposés ?

9 Est-ce que le signe + est obligatoire devant un nombre relatif positif ?

10 Vrai ou faux : ajouter un nombre relatif positif revient à ajouter sa partie numérique.

11 Vrai ou faux : ajouter un nombre relatif négatif revient à ajouter sa partie numérique.

12 Enlever les parenthèses au calcul suivant : (+15) + (–8) + (+2).

13 Quelle est la règle pour soustraire un nombre relatif ?

14 Calculer (–18) – (+5).

15 Calculer (+5) – (+8).

16 Réécrire le calcul suivant en transformant les soustractions en additions : (+6) + (–8) – (–3) – (+6).

17 Enlever les parenthèses au calcul suivant : (+6) + (–8) + (+3) + (–6).

18 Calculer 6 – 8 + 3 – 6.

Niveau expert

Questions

1 Calculer (–5) + (–8) – (–9).

Réponses

7. On observe que le nombre +22 a la plus grande partie numérique donc le signe sera +.
On fait ensuite 22 – 20 = 2.
Donc **(–20) + (+22) = +2**

8. Les nombres ont la même partie numérique et pas le même signe donc les parties numériques s'annulent.
Leur somme est égale à 0.

9. **Le signe + n'est pas obligatoire devant un nombre relatif positif,** on peut donc l'enlever.

10. **Vrai.** On peut donc supprimer des parenthèses.

11. **Faux.** Ajouter un nombre relatif négatif revient à soustraire sa partie numérique.

12. (+15) + (–8) + (+2) = 15 – 8 + 2.

13. Soustraire un nombre relatif revient à ajouter son opposé.

14. (–18) – (+5) = (–18) + (–5) = –18 – 5 = –23.

15. (+5) – (+8) = (+5) + (–8) = 5 – 8 = –3.

16. (+6) + (–8) – (–3) – (+6) = (+6) + (–8) + (+3) + (–6).

17. (+6) + (–8) + (+3) + (–6) = 6 – 8 + 3 – 6.

18. $\underline{6 - 8} + 3 - 6 = \underline{-2 + 3} - 6 = \underline{1 - 6} = -5$.
On calcule en suivant les priorités opératoires.

Niveau expert

Réponses

1. (–5) + (–8) – (–9) = $\underline{-5 - 8}$ + 9 = –13 + 9 = –4.

2. Pour calculer une somme algébrique (une suite d'additions et de soustractions sans les parenthèses), on peut être astucieux et regrouper certains termes. Lesquels ?

3. Calculer $6 - 8 + 3 - 6$.

4. Calculer différemment $6 - 8 + 3 - 6$.

2. Pour calculer une somme algébrique plus rapidement, on peut regrouper les nombres positifs ensembles et les nombres négatifs ensembles.

3. On regroupe 6 + 3 = 9 et –8 – 6 = –14.
Ainsi 6 – 8 + 3 – 6 = 9 – 14 = –5.

4. On peut regrouper les opposés 6 – 6 = 0. Donc –8 + 3 = –5.

Ce qu'il faut retenir

Un nombre relatif est composé de son signe et de sa partie numérique.

Il ne faut pas oublier que le signe « – » signifie « l'opposé de ».

La **somme** de deux nombres relatifs de **même signe** est un nombre dont :
- le **signe est le même** que celui des deux nombres ;
- la partie numérique est la **somme des deux parties numériques** des nombres.

La **somme** de deux nombres relatifs de **signes différents** est un nombre dont :
- le **signe** est le même que celui qui a la **plus grande partie numérique ;**
- la partie numérique est la **différence des deux parties numériques** des nombres.

La **somme de deux nombres opposés** est égale à zéro.

Remarques :

Le signe « + » devant un nombre positif n'est pas obligatoire.

Ajouter un nombre positif revient à ajouter sa partie numérique.

Ajouter un nombre négatif revient à soustraire sa partie numérique.

Quand deux signes se suivent le second est entre parenthèses.

Soustraire un nombre relatif revient à ajouter son opposé.

Exemples :

E = (–8) – (–3)

Le signe « – » symbolise une opposition donc l'opposé d'enlever –3 est d'ajouter 3.

Ainsi E = –8 + 3 = –5.

R = 2 – (+10)

L'opposé d'enlever +10 est d'ajouter –10.

Ainsi R = 2 + (–10) = 2 – 10 = –8.

Méthode de calcul d'une somme algébrique

Pour calculer une somme algébrique :
- on commence par transformer les soustractions en additions ;
- on enlève les parenthèses ;
- on effectue le calcul.

Notes

Chapitre 9

Périmètres et aires

Niveau basique

Questions

1 Qu'est-ce que le périmètre d'une figure ?

Aide : *que calcule-t-on quand on veut le périmètre d'une figure ?*

2 Qu'est-ce que l'aire d'une figure ?

Aide : *que calcule-t-on quand on veut l'aire d'une figure ?*

3 Quel est le périmètre d'un rectangle de longueur 7,2 cm et de largeur 3 cm ?

Aide : *faire un croquis et écrire les longueurs des côtés. Prendre un sommet et faire le tour en additionnant.*

4 Quelle formule utilise-t-on pour calculer l'aire d'un rectangle ?

Aide : *Comment calcule-t-on la surface d'un rectangle ?*

5 Calculer le périmètre du triangle suivant :
Les mesures sont exprimées en centimètres.

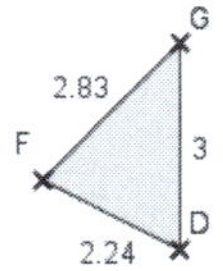

Aide : *partir d'un point et faire le contour de la figure.*

Niveau intermédiaire

Questions

1 Quelle est la formule pour calculer le périmètre d'un cercle ?

2 Quelle est la formule pour calculer l'aire d'un disque ?

Niveau basique

Réponses

1. **Le périmètre d'une figure est la longueur de son contour.** On part d'un point de la figure, on additionne les longueurs en faisant le contour de la figure jusqu'au point de départ.

2. **L'aire d'une figure est sa surface. Autrement dit l'intérieur de la figure.**

3. Le rectangle est une figure ayant ses côtés opposés de même longueur. Il faut prendre 2 longueurs et 2 largeurs pour faire le contour du rectangle. $7{,}2 + 7{,}2 + 3 + 3 = 20{,}4$.
Le périmètre du rectangle est 20,4 cm.

4. La formule de l'aire d'un rectangle est la suivante :
$$\mathbf{Aire_{rectangle} = longueur \times largeur}$$

5. Le périmètre est le calcul du contour de la figure.
On part du point F, et on additionne toutes les longueurs jusqu'à revenir au point F.
$2{,}83 + 3 + 2{,}24 = 8{,}07$
Le périmètre du triangle FGD est 8,07 cm.

Niveau intermédiaire

Réponses

1. La formule est la suivante : $\boldsymbol{Périmètre_{cercle}} = 2 \times \pi \times \boldsymbol{r}$ où $\boldsymbol{r}$ **est le rayon du cercle.**

2. La formule est la suivante : $\boldsymbol{Aire_{disque}} = \pi \times \boldsymbol{r}^2$ où r est le rayon du disque.

Questions

3 Calculer le périmètre d'un cercle de rayon 5 cm. Arrondir le résultat au centième près.

4 Calculer l'aire d'un disque de rayon 5 cm. Arrondir le résultat au centième près.

5 Quelle est la formule pour calculer l'aire d'un triangle ?

6 Quelle est l'aire du triangle suivant ? Arrondir le résultat au centième. Les longueurs sont exprimées en cm.

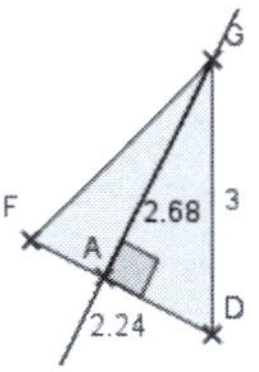

7 Quelle est la formule pour calculer l'aire d'un parallélogramme ?

8 Quelle est l'aire du parallélogramme suivant ? Arrondir le résultat à l'unité. Les longueurs sont exprimées en dm.

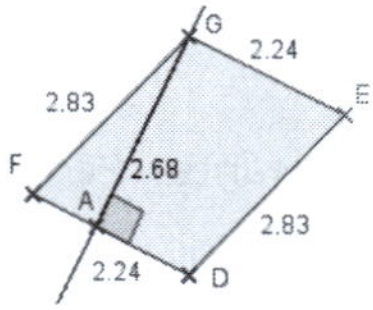

9 Convertir 6 dm^2 en cm^2.

10 Convertir 8,58426521 km^2 en m^2.

Réponses

3 $r = 5$ cm. Donc $Périmètre_{cercle} = 2 \times \pi \times r = 2 \times \pi \times 5$

$Périmètre_{cercle} \approx 31{,}4159$ **donc le périmètre d'un cercle de rayon 5 cm, au centième près, est 31,42 cm.**

4 $r = 5$cm. Donc $Aire_{disque} = \pi \times r^2 = \pi \times 5^2 \approx 78{,}5397$.

Donc l'aire d'un disque de rayon 5 cm, au centième près, est 78,54 cm².

5 La formule est la suivante : $\boldsymbol{Aire_{triangle} = \frac{base \times hauteur}{2}}$ **où la hauteur est la longueur d'une hauteur du triangle et la base est la longueur de son côté associé.**

6 Une hauteur du triangle est le segment [GA] et la base associée à cette hauteur est le segment [FD].

$$Aire_{triangle} = \frac{base \times hauteur}{2} = \frac{2{,}24 \times 2{,}68}{2} = 3{,}0016$$

L'aire du triangle FGD, arrondie au centième, est 3,00 cm² ou 3 cm².

7 La formule est la suivante :

$\boldsymbol{Aire_{parallélogramme} = base \times hauteur}$ **où la hauteur est la longueur d'une hauteur du parallélogramme et la base est la longueur de son côté associé.**

8 Une hauteur du parallélogramme FGED est [GA] et la base associée est [FD].

$$Aire_{parallélogramme} = base \times hauteur = FD \times GA$$

$$Aire_{parallélogramme} = 2{,}24 \times 2{,}68 = 6{,}0032$$

L'aire du parallélogramme FGED, arrondie à l'unité, est 6 dm².

9 **6 dm² = 600 cm².**

10 **8,58426521 km² = 8 584 265,21 m²**

Questions

11 Calculer le périmètre du polygone CBEGFD sachant que CBED est un carré et EGFD est un parallélogramme.

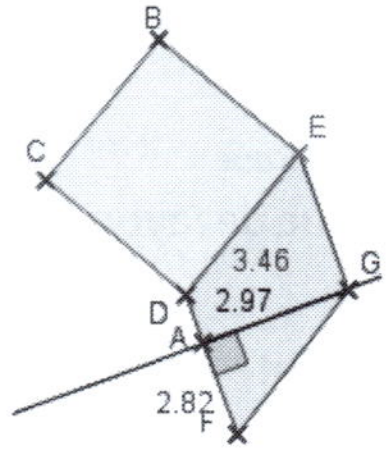

Les longueurs sont exprimées en m.

12 Calculer l'aire du polygone FGEBCD sachant que EGFD est un parallélogramme et DEBC est un carré. Arrondir au dixième.

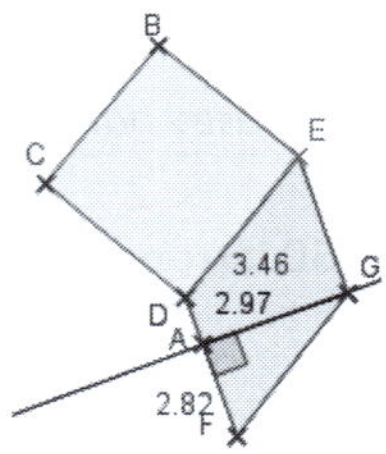

Les longueurs sont exprimées en m.

13 Convertir 185,456 m^2 en hm^2.

14 Quelle unité sera utilisée pour calculer une aire quand les longueurs sont exprimées en mm ?

15 Quelle unité sera utilisée pour calculer un périmètre quand les longueurs sont exprimées en km ?

Réponses

11 EGFD est un parallélogramme donc ED = GF = 3,46 m.
EG = DF = 2,82 m.
CBED est un carré donc CB = BE = ED = DC = 3,46 m.
On ne va pas compter la longueur du côté [ED] car il ne fait pas partie du contour de la figure.

$$Périmètre_{CBEGFD} = 3,46 + 2,82 \times 2 + 3,46 \times 3$$

$$Périmètre_{CBEGFD} = 19,48$$

Le périmètre de CBEGFD est 19,48 m.

12 DEBC est un carré, $Aire_{carré} = côté \times côté$

$Aire_{DEBC} = 3,46 \times 3,46 = 11,9716$

EGFD est un parallélogramme avec [GA] pour hauteur et [FD] pour base, $Aire_{parallélogramme} = base \times hauteur$

$Aire_{EGFD} = GA \times FD = 2,97 \times 2,82 = 8,3754$

$Aire_{FGEBCD} = Aire_{DEBC} + Aire_{EGFD}$

$Aire_{FGEBCD} = 11,9716 + 8,3754 = 20,347$

Arrondie au dixième, **l'aire du polygone FGEBCD est 20,3 m^2.**

13 **185,456 m^2 = 0,0185456 hm^2**

14 **L'unité que l'on utilisera sera le mm^2 (lire millimètre carré).**

15 **L'unité utilisée sera le km (lire kilomètre).**

Niveau expert

Questions

1 Calculer l'aire de la partie colorée sachant que ABCD est un rectangle. Les longueurs sont exprimées en décamètres. Arrondir au dixième.

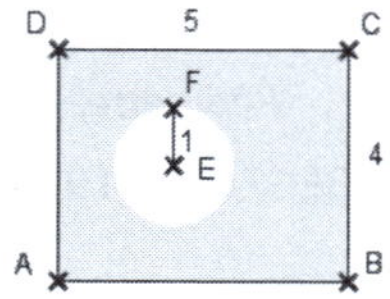

2 Calculer le périmètre de la partie colorée sachant que IJKA est un carré, HBG est un triangle équilatéral et ABCD est un rectangle. Les longueurs sont exprimées en cm.

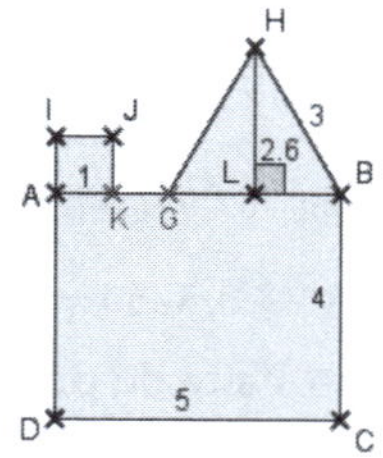

3 Calculer l'aire de la partie colorée sachant que IJKA est un carré, HBG est un triangle équilatéral et ABCD est un carré. Les longueurs sont exprimées en mm.

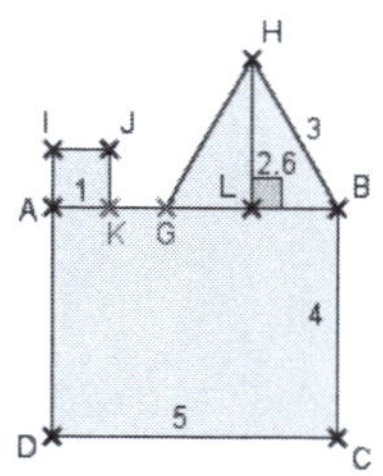

Niveau expert

Réponses

1 L'aire de la partie colorée est celle du rectangle ABCD à laquelle on enlève l'aire du disque de centre E et de rayon EF.

$Aire_{disque} = \pi \times r^2 = \pi \times 1^2 \approx 3,14159$

$Aire_{ABCD} = DC \times BC = 5 \times 4 = 20$

$Aire_{partie\ colorée} = Aire_{rectangle} - Aire_{disque}$

$Aire_{partie\ colorée} \approx 20 - 3,14159 \approx 16,85841$

Arrondie au dixième, l'aire de la partie colorée vaut 16,9 dam².

2 Pour calculer le périmètre de la partie colorée, on va prendre 3 côtés de IJKA, deux côtés de HBG, trois côtés de ABCD et la longueur du segment [KG].
KG = 5 – AK – GB = 5 – 1 – 3 = 5 – 4 = 1.
Le carré IJKA est de côté 1 donc les trois côtés du carré font 3 cm.
Le triangle HBG est de côté 3 donc les deux côtés du triangle font 6 cm.
Les côtés restants du rectangle ABCD font : 4 + 5 + 4 = 13 cm.
1 + 3 + 6 + 13 = 23.
Le périmètre de la partie colorée fait 23 cm.

3 L'aire de la partie colorée sera la somme des aires du carré IJKA, du triangle HBG et du rectangle ABCD.

$Aire_{IJKA} = côté \times côté = 1 \times 1 = 1$

$Aire_{HBG} = \frac{base \times hauteur}{2} = \frac{3 \times 2,6}{2} = 3,9$

$Aire_{ABCD} = longueur \times largeur = 5 \times 4 = 20$

$Aire_{partie\ colorée} = Aire_{IJKA} + Aire_{HBG} + Aire_{ABCD}$

$Aire_{partie\ colorée} = 1 + 3,9 + 20 = 24,9.$

L'aire de la partie colorée est 24,9 mm².

Ce qu'il faut retenir

Le **périmètre** d'une figure de géométrie plane est la longueur du contour de cette figure.

Lorsque la figure plane est un polygone, le périmètre est égal à la somme des longueurs de ses côtés.

Le **périmètre d'un cercle** est égal au produit de son diamètre par le nombre π.

$P = diamètre \times \pi = 2 \times \pi \times r$ où r est le rayon du cercle.

Attention, le périmètre se calcule quand toutes les **mesures** sont exprimées dans la **même unité** de longueur.

L'aire d'une figure géométrique plane est la mesure de la partie située à l'intérieur de cette figure, autrement dit sa surface.

L'aire est une grandeur, elle s'exprime dans différentes unités, par exemple le mètre carré, noté m^2.

Pour calculer l'aire d'une figure plane, il faut que toutes les **mesures** soient dans la **même unité** de longueur.

L'aire d'un parallélogramme est égale au produit d'un de ses côtés (souvent la base) par la hauteur relative à ce côté, tous deux exprimés dans la même unité de longueur.

A est l'aire du parallélogramme ;

$A = c \times h$ avec

c qui représente la longueur d'un côté du parallélogramme

h qui représente la hauteur associée à ce côté.

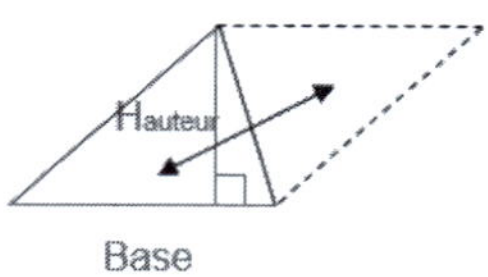

L'aire d'un triangle quelconque est le quotient du produit de sa base par la hauteur relative à la base et de 2. Autrement dit, c'est la moitié de l'aire du parallélogramme.

Attention de communiquer le nombre dans la bonne unité d'aire suivant les exercices.

Notes

Chapitre 10

Calcul littéral

Niveau basique

Questions

1 Quelle est la formule pour calculer l'aire d'un rectangle de longueur L et de largeur l ?

Aide : *utiliser les lettres L et l.*

2 Quelle est la formule pour calculer le périmètre d'un carré de côté c ?

Aide : *utiliser la lettre c.*

3 À partir de la formule $Aire_{rectangle} = L \times l$ où L est la longueur du rectangle et l est la largeur du rectangle, calculer l'aire d'un rectangle de longueur 10 cm et de largeur 3,5 cm.

Aide : *remplacer les lettres L et l par les longueurs des côtés du rectangle.*

4 À partir de la formule $Périmètre_{carré} = 4 \times c$ où c est la longueur du côté du carré, calculer le périmètre d'un carré de côté 6,5 m.

Aide : *remplacer la lettre c par la longueur du côté du carré dans la formule.*

Niveau intermédiaire

Questions

1 Vrai ou faux :

Il est possible d'enlever le symbole $\times$ entre deux lettres d'une expression littérale ?

2 Vrai ou faux :
Il est possible d'enlever le symbole $\times$ entre deux nombres dans une expression littérale ?

3 Vrai ou faux :
Il est possible d'enlever le symbole $\times$ entre un nombre et une lettre ?

Niveau basique

Réponses

1 L'aire d'un rectangle de longueur L et de largeur l est donnée par la formule suivante :

$$\boldsymbol{Aire_{rectangle} = L \times l}$$

2 Le périmètre d'un carré de côté c est donné par la formule suivante :

$$\boldsymbol{Périmètre_{carré} = 4 \times c}$$

3 Le rectangle est de longueur 10 cm donc on va remplacer L par 10 dans la formule.
Le rectangle est de largeur 3,5 cm donc on va remplacer l par 3,5 dans la formule.

$$\boldsymbol{Aire_{rectangle}} = \boldsymbol{L \times l} = 10 \times 3{,}5 = 35$$

L'aire du rectangle est donc 35 cm².

4 Le carré est de côté 6,5 m donc on va remplacer c par 6,5 dans la formule.

$$\boldsymbol{Périmètre_{carré}} = \boldsymbol{4 \times c} = 4 \times 6{,}5 = 26$$

Le périmètre du carré est 26 m.

Niveau intermédiaire

Réponses

1 **Vrai.**

Par exemple $a \times b = ab$.

2 **Faux.**
Par exemple $2 \times 3 \neq 23$.

3 **Vrai.**
Par exemple $2 \times c = 2c$.

Questions

4 Vrai ou faux :
Il est possible d'enlever le symbole $\times$ entre un nombre et une parenthèse ?

5 Comment écrit-on $r \times r$ en simplifiant l'écriture ?

6 Comment écrit-on $z \times z \times z$ en simplifiant l'écriture ?

7 Écrire l'expression suivante sans les symboles $\times$ superflus : $3 \times 5 + z \times 2 - y + 8 \times x$.

8 Calculer l'expression suivante pour $x = 5$ et $y = 3$:
$E = 2y - 3x + 8$.

9 Si on a $5t$ d'un côté plus $3t$ de l'autre, combien a-t-on de t au total ?

10 Réduire l'expression suivante : $5{,}2x - 3{,}4x$.

11 Voici un programme de calcul :
Choisir un nombre
Multiplier ce nombre par 7,5
Soustraire 2,4
Si on choisit x au départ quelle expression donne le programme de calcul à la fin ?

12 Voici deux expressions littérales :

$$2x + 6$$

$$2(x + 6)$$

Est-ce que ces deux expressions sont égales pour $x = 2$?

13 Voici deux expressions littérales :

$$(x - 2)(2x + 3)$$

$$5x + 2$$

Prouver que ces deux expressions sont égales pour $x = 4$.

Réponses

4 **Vrai.**
Par exemple $2\times(a+3)=2(a+3)$.

5 On l'écrit $\boldsymbol{r}^2$.

6 On l'écrit $\boldsymbol{z}^3$.

7 $3\times5+z\times2-y+8\times x=3\times5+2\boldsymbol{z}-\boldsymbol{y}+8\boldsymbol{x}$.
On ne peut pas enlever le $\times$ entre le 3 et le 5.

8
$$E=2y-3x+8=2\times3-3\times5+8=6-15+8$$
$$\boldsymbol{E=-9+8=-1 \text{ pour } x=5 \text{ et } y=3.}$$

9 $5t+3t=8t$
Au total on a $8\boldsymbol{t}$.

10 Il y a $5{,}2x$ auxquels on enlève $3{,}4x$ il reste donc $1{,}8x$.
Donc $5{,}2\boldsymbol{x}-3{,}4\boldsymbol{x}=1{,}8\boldsymbol{x}$.

11 On va faire étape par étape :
Choisir un nombre : x
Multiplier de nombre par 7,5 : $x\times7{,}5=7{,}5x$
Soustraire 2,4 : $7{,}5x-2{,}4$
Donc l'expression finale du programme de calcul est $\boldsymbol{7{,}5x-2{,}4}$.

12 On remplace x par 2 dans chaque expression avant de les comparer.
$$2x+6=2\times2+6=4+6=10$$
$$2(x+6)=2(2+6)=2\times(2+6)=2\times8=16$$
$10\neq16$ donc $2x+6\neq2(x+6)$ pour $x=2$.
Les deux expressions ne sont pas égales pour $\boldsymbol{x}=2$.

13 On remplace x par 4 dans chaque expression avant de les comparer.
$$(x-2)(2x+3)=(4-2)\times(2\times4+3)=2\times11$$
$$(x-2)(2x+3)=22$$
$$5x+2=5\times4+2=20+2=22$$
Les résultats sont égaux donc
$(\boldsymbol{x}-\boldsymbol{2})(\boldsymbol{2x}-\boldsymbol{3})=\boldsymbol{5x}+\boldsymbol{2}$ pour $\boldsymbol{x}=\boldsymbol{4}$.

Questions

14 Calculer l'expression suivante pour $t = 1,5$: $3(3t - 2)$.

15 Réduire l'expression suivante : $5p + 2 - 7p + 3$.

Niveau expert

Questions

1 Calculer l'expression suivante pour $r = 1,2$ et $s = 5$: $3r + s^2 - 2s$.

2 Réduire l'expression suivante : $8t - 2,4r + 5,6t - 3,2r + 8$.

3 Voici deux expressions littérales :

$$5h - 7z + 8 - 2h^2$$

$$5z - 7h + 8 - 2h^2$$

Est-ce que ces deux expressions sont égales pour $h = 3$ et $z = 1,2$?

4 Voici un programme de calcul :
Choisir un nombre
Ajouter 8,7
Multiplier le résultat par 5
Écrire l'expression obtenue en choisissant p au départ.

Réponses

14

$$3(3t-2)=3\times(3\times t-2)=3\times(3\times 1{,}5-2)$$
$$\mathbf{3(3t-2)}=3\times(4{,}5-2)=3\times 2{,}5=\mathbf{7{,}5}$$

15 On va regrouper les p ensemble et les nombres ensemble.
$\mathbf{5p+2-7p+3=-2p+5}$.

Niveau expert

Réponses

1

$3r+s^2-2s=3\times 1{,}2+5^2-2\times 5=3{,}6+25-10$

$3r+s^2-2s=28{,}6-10=18{,}6$

Pour $\mathbf{r=1{,}2}$ et , $\mathbf{3r+s^2-2s=18{,}6}$.

2 $8t-2{,}4r+5{,}6t-3{,}2r+8=13{,}6t-5{,}6r+8$

3

$$5h-7z+8-2h^2=5\times 3-7\times 1{,}2+8-2\times 3^2$$
$$5h-7z+8-2h^2=15-8{,}4+8-2\times 9=-3{,}5$$
$$5z-7h+8-2h^2=5\times 1{,}2-7\times 3+8-2\times 3^2$$
$$5z-7h+8-2h^2=6-21+8-2\times 9=-25$$

Les résultats des deux expressions ne sont pas égaux donc les expressions $\mathbf{5h-7z+8-2h^2}$ et $\mathbf{5z-7h+8-2h^2}$ ne sont pas égales pour $\mathbf{h=3}$ et $\mathbf{z=1{,}2}$.

4 Choisir un nombre : p

Ajouter 8,7 : $p+8{,}7$

Multiplier le résultat par 5 : $(p+8{,}7)\times 5=5(p+8{,}7)$

L'expression obtenue en choisissant p au départ est $\mathbf{5(p+8{,}7)}$.

Ce qu'il faut retenir

Une **expression littérale** est une expression dans laquelle un ou plusieurs nombres sont désignés (remplacés) par des lettres.

Exemples :

Aire d'un disque : $\pi \times r \times r$

Dans ce calcul, la lettre r représente le rayon du disque. La lettre π représente un nombre qui ne change pas et qui vaut environ 3,141596.

Volume d'un cube : $c \times c \times c$

Dans ce calcul, la lettre c représente la longueur du côté du cube.

Il est possible de ne pas écrire le signe × dans les cas suivants :

Entre deux lettres ($\pi \times r \times r = \pi r^2$)

Entre un nombre et une lettre ($2 \times r = 2r$) à ce moment-là le nombre est placé devant la lettre.

Entre un nombre et une parenthèse
($3 \times (2+a) = 3(2+a)$)

Entre deux parenthèses
($(3-b) \times (2+c) = (3-b)(2+c)$)

Pour réduire les écritures :

$\boldsymbol{r \times r}$ **s'écrit** $\boldsymbol{r^2}$ **et se lit « *r* au carré ».**

$\boldsymbol{r \times r \times r}$ **s'écrit** $\boldsymbol{r^3}$ **et se lit « *r* au cube ».**

Calculer la valeur d'une expression littérale, c'est attribuer un nombre à chaque lettre afin d'effectuer le calcul.

Lorsqu'on remplace chaque lettre d'une expression littérale par un nombre, on obtient une expression numérique.

Une égalité est constituée de deux expressions séparées par le symbole =. Chacune de ces expressions est un membre de l'égalité.

Exemple :

$\underbrace{3 \times x}_{\text{membre de gauche}} = \underbrace{7+5}_{\text{membre de droite}}$ est une égalité.

Une égalité est vraie lorsque ses deux membres ont la même valeur.

Une égalité contenant des expressions littérales est vraie ou fausse selon les valeurs données à la lettre (aux lettres).

Lorsqu'on calcule une expression numérique, on écrit des égalités successives qui sont toutes vraies.

Deux expressions littérales sont égales si elles sont toujours égales, c'est-à-dire si elles sont égales quelles que soient les valeurs attribuées aux lettres.

Il suffit de trouver un seul exemple pour lequel deux expressions littérales donnent des résultats différents pour prouver que ces expressions littérales ne sont pas égales.

Exemple :

$2+3\times x=5x$ est une égalité qui est fausse.

Lorsque $x=4$ on a alors :

Le membre de gauche est égal à : $2+3\times 4=2+12=14$

Le membre de droite est égal à : $5\times 4=20$

$14\neq 20$

Les membres de l'égalité ne sont pas égaux donc, l'égalité est fausse.

Chapitre 11

Pavé droit, prisme droit et volumes

Niveau basique

Questions

1 Quel est le nom mathématique pour un solide qui a la forme d'une brique ?

Aide : *il a 6 faces de la même forme.*

2 Quel est le nom mathématique pour un solide qui a la forme d'une boîte de conserve ?

Aide : *l'adjectif cylindrique vient de ce nom.*

3 Quel est le nom mathématique pour un solide dont la forme est représentée ci-dessous ?

Aide : *objet qui sert à décomposer la lumière blanche.*

4 Quel est le nom mathématique pour un solide qui a la forme d'une balle de ping-pong ?

Aide : *on s'en sert aussi à la pétanque.*

5 Quel est le nom mathématique pour un solide qui a la forme d'un cornet de glace ?

Aide : *l'adjectif conique vient de ce nom.*

6 Quel est le nom mathématique pour un solide dont la forme est représentée ci-dessous ?

Aide : *très présent en Égypte.*

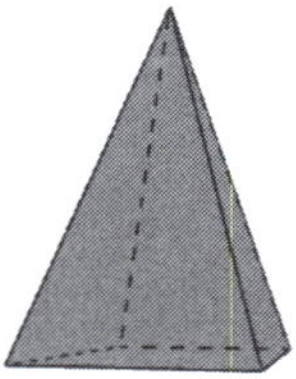

Niveau intermédiaire

Questions

1 Quelle est la formule pour calculer le volume d'un cube ?

2 Calculer le volume d'un cube de 5 cm de côté.

Niveau basique

Réponses

1. Un solide qui a la forme d'une brique a 6 faces rectangulaires. Il se nomme le **parallélépipède rectangle ou pavé droit**.

2. Un solide qui a la forme d'une boîte de conserve est composé de deux disques et d'un rectangle qui fait le tour de ces deux disques. Il se nomme le **cylindre**.

3. En physique, on se sert de cet objet pour décomposer la lumière blanche en couleurs. Il s'appelle un **prisme droit**.
Il est composé de **deux bases** (ici des triangles rectangles) et de **faces latérales rectangulaires** (ici 3 faces latérales).

4. Le solide qui représente une balle de ping-pong est appelé une **boule**.

5. Un solide qui a la forme d'un cornet de glace s'appelle un **cône**. Il a une base formée par un disque et une surface latérale formée par une portion de disque.

6. Cet objet mathématique a une base polygonale (c'est-à-dire que la base est un polygone), des faces latérales triangulaires et un sommet. Ceci est une **pyramide**.

Niveau intermédiaire

Réponses

1. La formule est : $\boldsymbol{Volume_{cube}} = \textbf{côté} \times \textbf{côté} \times \textbf{côté}$.

2. $5 \times 5 \times 5 = 125$
Le volume d'un cube de 5 cm de côté est 125 cm^3.

Questions

3 De quelles formes est constituée une borne kilométrique semblable à celle présentée ci-contre ?

4 Quelle est la formule pour calculer le volume d'un pavé droit ?

5 Quelle est la formule pour calculer l'aire d'un disque ?

6 Quelle est la formule pour calculer le volume d'un cylindre ? On rappelle que le cylindre est composé de deux bases qui ont la forme d'un disque et une face latérale qui a la forme d'un rectangle.

7 Quel est le volume d'une borne kilométrique semblable à celle représentée ci-dessous ? Les mesures sont données en dm.

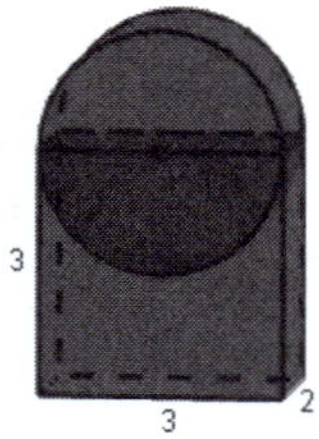

8 Comment représente-t-on la base d'un cylindre, qui est un disque, en perspective cavalière ?

Réponses

3 Cette borne kilométrique est composée de deux solides.
Il y a un solide qui a la forme d'une brique, donc un **pavé droit,** surmonté de la moitié d'une boîte de conserve donc **d'un demi-cylindre.**

4 La formule est :
$\boldsymbol{Volume_{pavé\ droit}}$ = **longueur × largeur × hauteur.**

5 La formule est : $\boldsymbol{Aire_{Disque}} = \pi \times \boldsymbol{rayon^2}$.

6 La formule est : $Volume_{cylindre} = Aire_{Disque} \times hauteur$.
Cela correspond à :
$\boldsymbol{Volume_{cylindre}} = \pi \times \boldsymbol{rayon^2} \times \boldsymbol{hauteur}$. Où le rayon est celui du disque et la hauteur celle du cylindre.

7 Sur l'image on identifie bien que la borne est un pavé droit surmonté d'un demi-cylindre seulement.

$$Volume_{pavé\ droit} = longueur \times largeur \times hauteur$$

$$Volume_{pavé\ droit} = 3 \times 2 \times 3 = 6 \times 3 = 18$$

$$Volume_{demi-cylindre} = \frac{Volume_{cylindre}}{2}$$

$$Volume_{demi-cylindre} = \frac{\pi \times rayon^2 \times hauteur}{2}$$

$$Volume_{demi-cylindre} = \frac{\pi \times 1{,}5 \times 2}{2} = 1{,}5\pi$$

$$Volume_{borne} = Volume_{pavé\ droit} + Volume_{demi-cylindre}$$

$$Volume_{borne} = 18 + 1{,}5\pi \approx 12{,}71$$

Le volume de la borne est d'environ 12,71 dm³.

8 **On représente la base d'un cylindre par une ellipse** (un ovale).

Questions

9 Représenter un cylindre de rayon 2,5 cm et de hauteur 5 cm en perspective cavalière.

10 Construire un patron du pavé droit suivant :
Les longueurs sont données en cm.

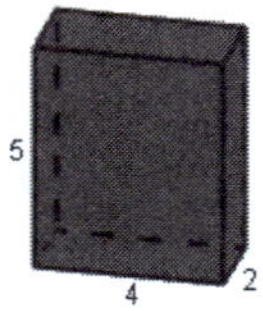

11 Convertir 7846158,475 mm^3 en dm^3.

12 Combien y a-t-il de chiffres par unité de volume ? (Autrement dit quand on doit convertir un volume avec les unités telles que m^3, combien de chiffres doit-on mettre dans chaque unité ?)

13 1 m^3 est combien de fois plus grand que 1 dm^3 ?

14 Combien de litres vaut 1 dm^3 ?

15 Convertir 2,4785 m^3 en litres (L).

Réponses

9 Le cylindre ressemble à ce qui suit. Attention les dimensions ne sont pas en vraie grandeur.

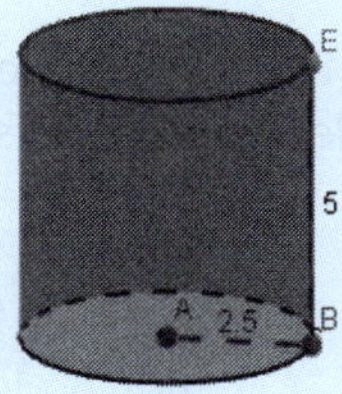

10 Voici un exemple de patron. Attention les mesures ne sont pas en vraie grandeur.

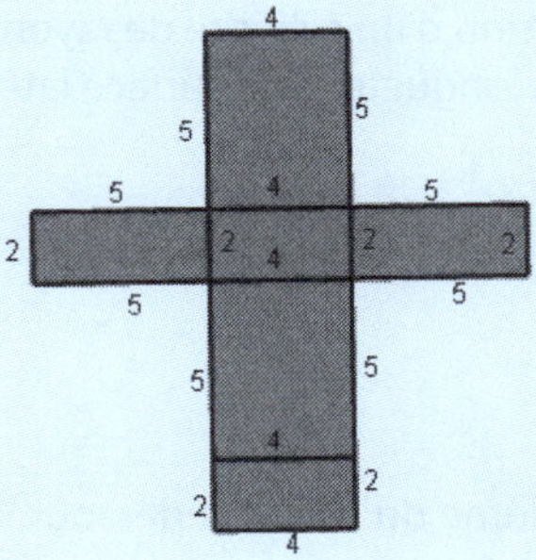

11 7846158,475 mm^3 = 7,846158475 dm^3.

12 Pour calculer un volume, de manière générale, on multiplie 3 longueurs entre elles.
De ce fait chaque unité de volume, telle que m^3, contient **3 chiffres par unité.**

13 **Le m^3 est 1 000 fois plus grand que le dm^3.**

14 Il faut retenir que **1 dm^3 = 1 L.**

15 On va d'abord convertir en dm^3. 2,4785 m^3 = 2 478,5 dm^3.
Donc **2,4785 m^3 = 2 478,5 L.**

Niveau expert

Questions

1. Calculer le volume du prisme ci-dessous dont la base est un triangle rectangle. Les longueurs sont exprimées en m.

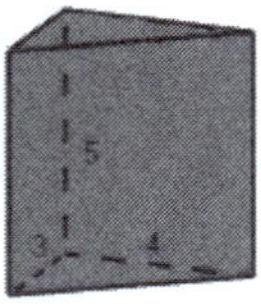

2. Dessiner le patron d'un cylindre de rayon 2 cm et de hauteur 3,5 cm. (Attention à la longueur de la surface latérale).

3. Quel est le volume du solide ci-dessous ? Les longueurs sont données en dam.
Sachant que :
KJ = NO = ST = MP = GI = AD = BC = VU = RQ ;
CO = 4 dam, LK = 1,19 dam, KJ = 2 dam, LE = 5 dam,
GH = 3 dam, CD = 3 dam, HF = 3 dam ;
UVRQTSMP est un cube,
IGHDAF est un prisme droit de base IGH triangle rectangle,
CBADONMP est un pavé droit,
LKJEBC est un prisme droit de base LKJ triangle rectangle.

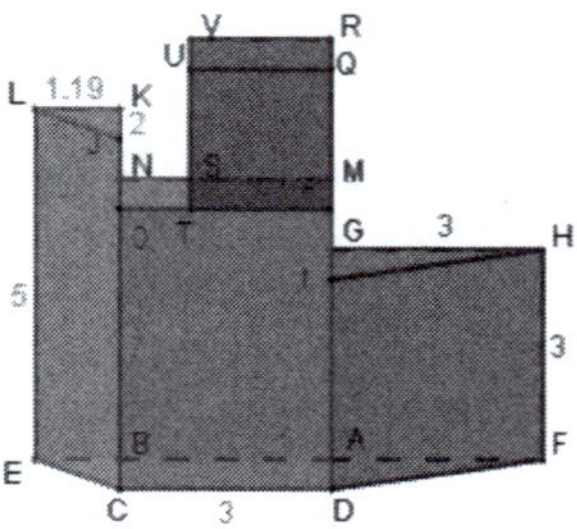

4. Convertir 46,95 dam^3 en litres (L).

Niveau expert

Réponses

1 La base de ce prisme est un triangle rectangle, il faut l'aire de ce triangle. $\text{Aire}_{\text{base}} = \dfrac{\text{base triangle} \times \text{hauteur}}{2} = \dfrac{3 \times 4}{2} = 6$

Il faut ensuite multiplier l'aire du triangle par la hauteur du prisme pour obtenir son volume.

$\text{Volume}_{\text{prisme}} = \text{Aire}_{\text{base}} \times \text{hauteur} = 6 \times 5 = 30$.

Le volume de ce prisme est donc 30 m³.

2 Avant de faire le patron, on va calculer la longueur du rectangle de la face latérale. Pour cela il faut le périmètre du cercle de base.

$\text{Périmètre}_{\text{base}} = 2 \times \pi \times \text{rayon} = 2\pi \times 2 = 4\pi \approx 12{,}56$

Le rectangle fait donc 12,56 cm de longueur et 3,5 cm de largeur puisque c'est la hauteur du cylindre. Ensuite Il faut tracer deux cercles de rayon 2 cm qui ont un seul point d'intersection avec chaque longueur du rectangle.

3 $\text{Volume}_{\text{UVRQTSMP}} = UV^3 = 2^3 = 8$

$\text{Volume}_{\text{IGHDAF}} = \dfrac{\text{Aire}_{\text{IGH}} \times HF}{2} = \dfrac{IG \times GH \times HF}{2}$

$\text{Volume}_{\text{IGHDAF}} = \dfrac{2 \times 3 \times 3}{2} = 9$

$\text{Volume}_{\text{CBADONMP}} = CB \times CD \times CO = 2 \times 3 \times 4 = 24$

$\text{Volume}_{\text{LJKECB}} = \dfrac{\text{Aire}_{\text{LJK}} \times LE}{2} = \dfrac{LK \times KJ \times LE}{2}$

$\text{Volume}_{\text{LJKECB}} = \dfrac{1{,}19 \times 2 \times 5}{2} = 1{,}19 \times 5 = 5{,}95$

Le volume du solide est égal à la somme des volumes des solides qui le composent.

$$\text{Volume}_{\text{solide}} = 8 + 9 + 24 + 5{,}95 = 46{,}95$$

Le volume du solide est égal à 46,95 dam^3.

4 **46,95 dam³** $= 46950000\ \text{dm}^3 =$ **46 950 000 L**

Ce qu'il faut retenir

Le **périmètre d'une figure** de géométrie plane est la **longueur du contour de cette figure.**

Le **périmètre d'un cercle** est égal au produit de son diamètre par le nombre π.

$\boldsymbol{P = diamètre \times \pi = 2 \times \pi \times r}$ où r est le rayon du cercle.

Attention, le périmètre se calcule quand toutes les mesures sont exprimées dans la même unité de longueur.

L'**aire d'une figure** géométrique plane est la mesure de la **partie située à l'intérieur** de cette figure, autrement dit **sa surface.**

L'aire est une grandeur, elle s'exprime dans différentes unités, par exemple le mètre carré, noté m^2.

Attention, pour calculer l'aire d'une figure plane, il faut que toutes les mesures soient dans la même unité de longueur.

L'**aire d'un triangle** quelconque est le quotient du produit de sa base par la hauteur relative à la base et de 2.

$$\mathbf{Aire_{triangle}} = \frac{\mathbf{base \times hauteur}}{\mathbf{2}}$$

Le **volume d'un solide** est la mesure de son **intérieur**, autrement dit la mesure de **l'espace qu'il occupe**.

Le volume est une grandeur, il s'exprime dans différentes unités. L'unité utilisée dans le système international (SI) est le mètre cube, noté m^3.

1 m^3 est le volume d'un cube dont l'arête mesure 1 m.

Le **volume d'un cylindre** est égal au produit de l'aire de sa base (un disque) par sa hauteur *h*.

$$\mathbf{Volume_{cylindre} = Aire_{disque\,(base)} \times hauteur.}$$

Le **volume d'un prisme** est égal au produit de l'aire de sa base par sa hauteur. La base d'un prisme est un polygone, il faut donc calculer l'aire de ce polygone avant de calculer le volume du prisme.

$$\mathbf{Volume_{prisme} = Aire_{base} \times hauteur.}$$

Un litre (1 L) occupe exactement le volume d'un décimètre cube (1 dm^3) :

1 L = 1 dm^3.

Lorsque les mesures ne sont pas exprimées dans la même unité de longueur, il faut utiliser le tableau de conversion des unités de longueurs avant de faire le calcul du volume.

Chapitre 12

Statistiques

Niveau basique

Questions

1 Dans la gestion de données, quand il y a un sondage, pourquoi est-il important de faire des tableaux ?

Aide : *A quoi sert un tableau au niveau visuel du terme ?*

2 Il y a eu un sondage dans la classe. Sur 30 élèves, 18 affirment porter des lunettes ou des lentilles de vue.
Quel est l'effectif des personnes portant des lunettes ou des lentilles de vue ?

Aide : *Nombre de personnes qui portent des lunettes ou lentilles de vue.*

3 Comment s'appelle le diagramme ci-dessous qui représente les effectifs des loisirs préférés dans une classe de 5e ?

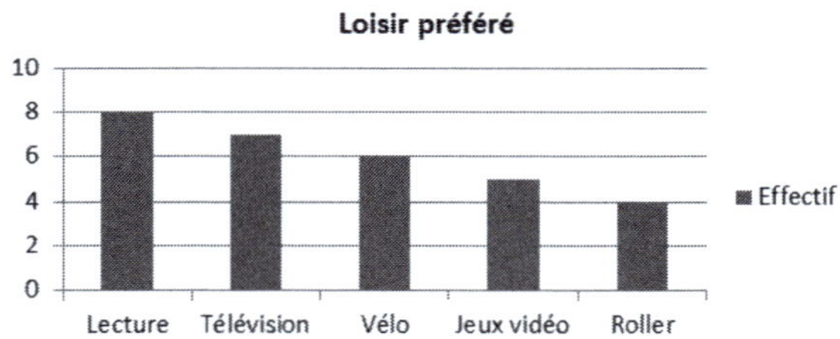

Aide : *le nom rappelle la forme des rectangles pour l'effectif de chaque loisir préféré.*

4 Comment s'appelle le diagramme ci-dessous qui représente les effectifs des loisirs préférés dans une classe de 5e ?

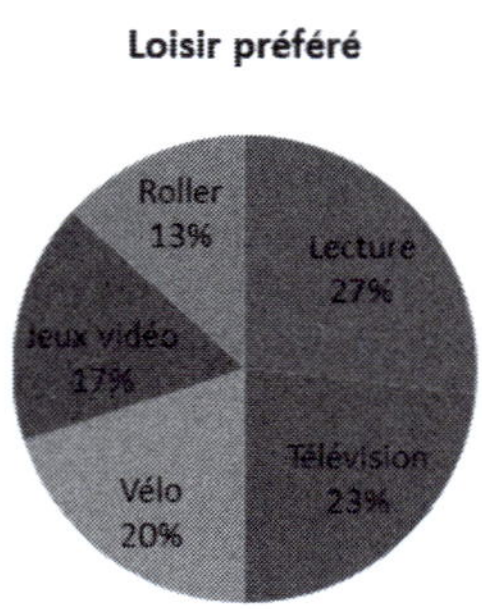

Aide : *il peut également avoir le nom d'un fromage rond bien connu.*

Niveau basique

Réponses

1 **Il est important de faire des tableaux pour organiser les données collectées.** Si nous avons une trentaine de petits papiers pour un sondage dans la classe, il est plus facile de s'y retrouver en écrivant les réponses dans un tableau.

2 **L'effectif des personnes portant des lunettes ou des lentilles de vue est le nombre de personnes de la classe qui portent des lunettes ou des lentilles de vue.**
Il y a 18 personnes qui portent des lunettes ou des lentilles de vue donc **l'effectif des personnes qui portent de lunettes ou des lentilles de vue est de 18.**

3 **Ce diagramme est un diagramme en bâtons.**
Chaque bâton représente un loisir préféré (lecture, télévision, vélo, jeux vidéo ou roller) et la hauteur du bâton est l'effectif de chaque loisir préféré.
Par exemple, dans cette classe, la télévision est le loisir préféré de 7 élèves.

4 **Ce diagramme est un diagramme circulaire.**
On peut aussi communément l'appeler camembert.
Chaque **secteur** représente un loisir préféré et indique son pourcentage d'apparition.
Par exemple, le Roller est le loisir préféré pour 13 % des élèves de cette classe.

Niveau intermédiaire

Questions

1 Quelle est la définition de la médiane d'une série statistique ordonnée ? Une série statistique ordonnée est une série dont les valeurs sont rangées dans l'ordre croissant.

2 Déterminer la médiane de la série statistique suivante :
5 – 8 – 15 – 9 – 6 – 7 – 7,5 – 6 – 8.

3 Quelle est la définition de la moyenne d'une série statistique ?
Dans le calcul de la moyenne, la série n'est pas nécessairement ordonnée.

4 Calculer la moyenne de la série statistique suivante :
5 – 8 – 15 – 9 – 6 – 7 – 7,5 – 6 – 8.

5 Quelle est la définition de la fréquence d'une valeur dans une série statistique ?

6 Quelle est la fréquence de la valeur 8 dans la série statistique suivante :
5 – 8 – 15 – 9 – 6 – 7 – 7,5 – 6 – 8.

7 Voici une enquête sur le parfum de glace préféré de 15 jeunes d'un club. Réaliser un tableau avec les effectifs de chaque parfum.
vanille – chocolat – pistache – barbe à papa – citron – barbe à papa – yaourt – citron – chocolat – chocolat – vanille – fraise – fraise – vanille – fraise

Niveau intermédiaire

Réponses

1. La médiane d'une série statistique ordonnée est une valeur telle qu'il y a :
Au moins 50 % des valeurs de la série qui sont inférieures ou égales à la médiane.
Au moins 50 % des valeurs de la série qui sont supérieures ou égales à la médiane.

2. On range les valeurs dans l'ordre croissant :
5 – 6 – 6 – 7 – 7,5 – 8 – 8 – 9 – 15. **La valeur qui partage la série en deux parties est 7,5**. Il y a 5 valeurs inférieures ou égales à 7,5 (soit environ 55,6 %) et 5 valeurs supérieures ou égales à 7,5 (soit environ 55,6 %).

3. **La moyenne d'une série statistique est égale au quotient de la somme de toutes les valeurs de la série par l'effectif total des valeurs de la série.**
Par exemple, s'il y a 5 valeurs, on additionne les 5 valeurs et on divise le résultat par 5.

4. $$moyenne = \frac{somme\ des\ valeurs}{effectif\ total}$$

$$moyenne = \frac{5+8+15+9+6+7+7{,}5+6+8}{9}$$

$$\boldsymbol{moyenne = \frac{71{,}5}{9} \approx 7{,}94}$$

5. **La fréquence d'une valeur est le quotient de l'effectif de cette valeur par l'effectif total.**

6. $$fréquence = \frac{effectif\ valeur}{effectif\ total}$$

$$\boldsymbol{fréquence_8 = \frac{effectif\ de\ la\ valeur\ 8}{effectif\ total\ de\ la\ série} = \frac{2}{9} \approx 22{,}2\ \%}$$

7. Voici le tableau d'effectifs suivant le parfum de glace préféré :

Parfum	vanille	chocolat	barbe à papa	citron	pistache	yaourt	fraise
Effectif	3	3	2	2	1	1	3

Par exemple, il y a 3 personnes qui ont répondu fraise, donc l'effectif de la valeur fraise est 3.

Questions

8. À partir de l'étude précédente, faite un diagramme en bâtons représentant les effectifs par parfum de glace préféré.

9. Donner une valeur pour la série statistique suivante sachant que : la médiane est égale à 15,5 et le maximum est égal à 50.
4 – 17 – 8 – 7 – 50 – 11 – 15,5 – 25 – ?

Niveau expert

Questions

1. Quelle est la définition de l'étendue d'une série statistique ?

2. Quelle est l'étendue de la série statistique suivante :
5 – 8 – 15 – 9 – 6 – 7 – 7,5 – 6 – 8.

3. Donner une valeur possible de la série suivante sachant que la médiane est égale à 8,2 et le minimum est 4 :
4 – 20 – 7 – 10 – 9 – ?

4. Donner la valeur manquante sachant que la moyenne est égale à 12,2 :
16,6 – 5 – 6 – 7 – 8,4 – 20 – ?

Réponses

8 Voici le diagramme correspondant :

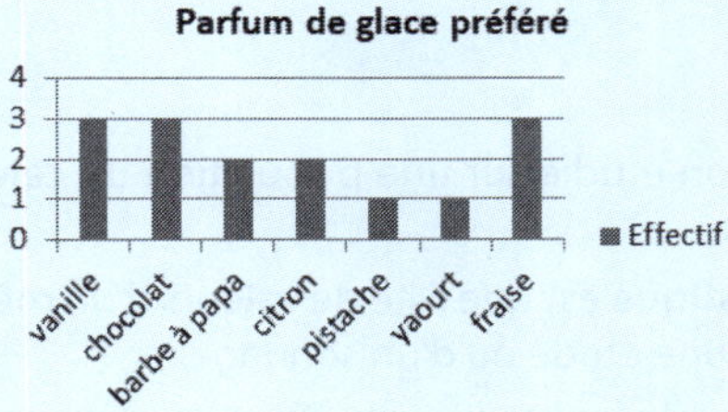

9 Cette série comporte 9 valeurs. La médiane sera donc la 5e valeur après avoir classé les valeurs par ordre croissant.
4 – 7 – 8 – 11 – 15,5 – 17 – 25 – 50 – ?. 15,5 est déjà la 5e valeur de la série donc **la dernière valeur doit être supérieure ou égale à 15,5 et inférieure à 50 qui est le maximum.** On peut choisir par exemple 20.

Niveau expert

Réponses

1 **L'étendue d'une série statistique est la différence entre la valeur la plus élevée et la valeur la moins élevée de la série.**

2 La valeur la plus petite de la série est 5, la plus grande est 15.
15 – 5 = 10. **L'étendue de la série est 10.**

3 On range dans l'ordre croissant : 4 – 7 – 9 – 10 – 20 – ?. La série compte 6 valeurs donc la médiane est entre la 3e et la 4e valeur. Il faut donc **une valeur entre 4 et 8,2** car rangée comme cela la médiane serait entre 9 et 10.

4

$$moyenne=\frac{16,6+5+6+7+8,4+20+?}{7}=12,2$$

$moyenne=\frac{63+?}{7}=12,2$ On multiplie les deux membres par 7 pour ne plus avoir de fraction.

$63+?=12,2\times7=85,4$ On a une addition à trou donc on fait une soustraction pour trouver le ?.

$?=85,4-63=22,4$. **La valeur manquante est donc 22,4.**

Ce qu'il faut retenir

En statistique, on étudie sur une population un caractère qui peut prendre plusieurs valeurs.

Une **série statistique** est une liste de valeurs d'un même ensemble (elle vient généralement d'une étude ou d'un sondage).

L'**effectif d'une valeur** est le nombre de fois où cette valeur apparaît.

L'**effectif total** est le nombre total d'individus qui ont participé à l'étude.

La **fréquence d'une valeur** est le quotient de l'effectif de cette valeur par l'effectif total. Elle peut s'écrire sous forme d'une fraction, un nombre décimal ou un pourcentage.

La fréquence d'une valeur est un nombre compris entre 0 et 1. La somme de toutes les fréquences est égale à 1.

La **moyenne d'une série statistique** est égale au quotient de la somme de toutes les données par l'effectif total.

La moyenne n'est pas forcément égale à une valeur de la série statistique.

La **médiane d'une série statistique** ordonnée est une valeur telle qu'il y a :
- au moins la moitié des valeurs de la série qui sont inférieures ou égales à cette médiane ;
- au moins la moitié des valeurs de la série qui sont supérieures ou égales à cette médiane.

Pour déterminer la médiane d'une série :
- on range les valeurs de la série par ordre croissant ;
- on cherche une valeur qui partage la série en deux séries de même effectif.

Si l'effectif total E est impair, la médiane sera à la $\frac{E+1}{2}^{e}$ position.

Exemple : Si E = 5, la médiane sera à la $\frac{5+1}{2} = 3^{e}$ position.

Si l'effectif total E est pair, la médiane sera entre les deux valeurs « centrales » de la série. Elle sera donc entre la $\frac{E}{2}^{e}$ et la $\frac{E}{2}+1^{e}$ position.

Exemple : si E = 10, $\frac{10}{2} = 5$ et 5 + 1 = 6. La médiane sera une valeur entre la 5e et la 6e valeur de la série.

L'**étendue d'une série statistique** est la différence entre la valeur la plus grande et la valeur la plus petite de la série.

On rassemble souvent les résultats d'une enquête dans un tableau montrant les valeurs, les effectifs et/ou les fréquences des réponses.

On peut représenter les résultats d'une étude statistique sous forme **graphique** à l'aide d'un **diagramme en bâtons** (ou à barres), d'un **diagramme circulaire**, d'un **diagramme à bande**…

Chapitre 13

Probabilités

Niveau basique

Questions

1 Sur l'échelle de probabilités ci-dessous, où peut-on placer le fait de gagner au loto en un tirage ?

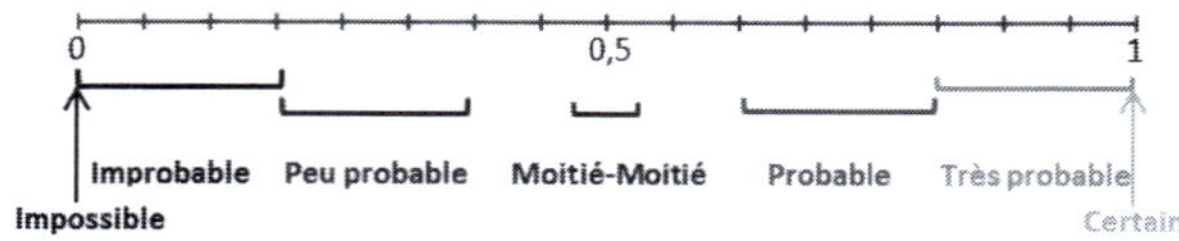

Aide : *est-il très facile de gagner au loto en jouant une seule fois ?*

2 Sur un dé cubique à 6 faces numérotées de 1 à 6, où peut-on placer le fait d'obtenir 7 en lançant le dé ?

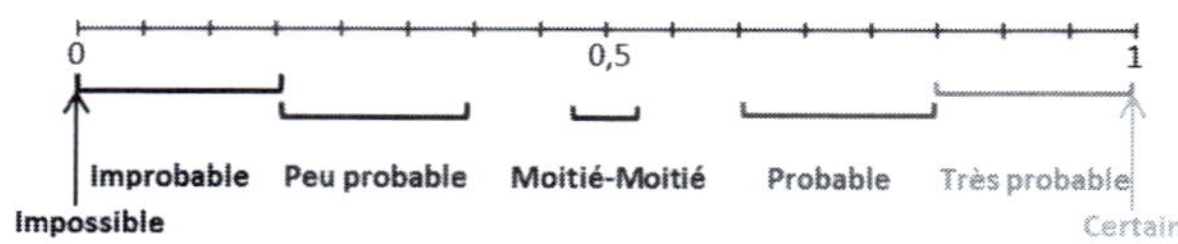

Aide : *peut-on avoir 7 en lançant le dé ?*

3 Quand on calcule une probabilité, le nombre doit être compris entre quels nombres ?

Aide : *Peut-on avoir une probabilité égale à 15 par exemple ?*

4 Quand on lance une pièce de monnaie ordinaire et équilibrée, où peut-on placer le fait d'obtenir pile en 1 lancer.

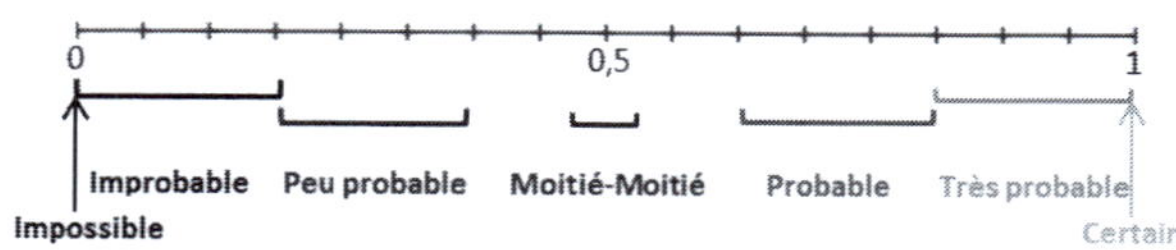

Aide : *Est-ce que c'est facile d'obtenir pile en un lancer ?*

Niveau basique

Réponses

1. **En un seul tirage, le fait de gagner au loto est improbable voire très improbable.**

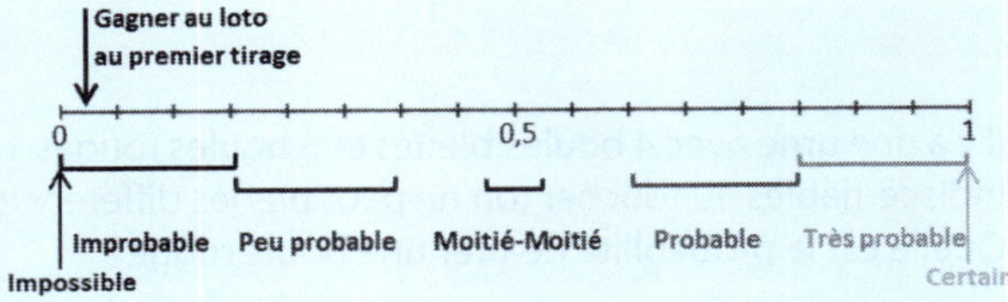

2. **Avec un dé cubique à 6 faces numérotées de 1 à 6, je ne peux pas obtenir 7 donc c'est impossible.**

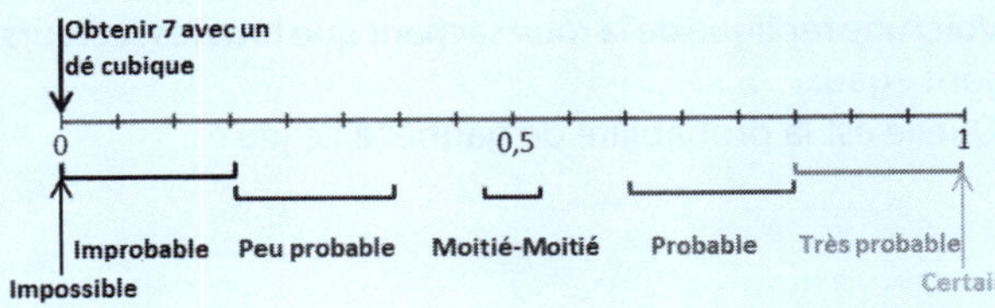

3. **Une probabilité est toujours comprise entre 0 et 1.**

4. Avec une pièce ordinaire et équilibrée, il y a 2 côtés, un côté face et un côté pile.
On a donc **une chance sur 2 d'obtenir pile en un seul lancer. C'est donc moitié-moitié.**

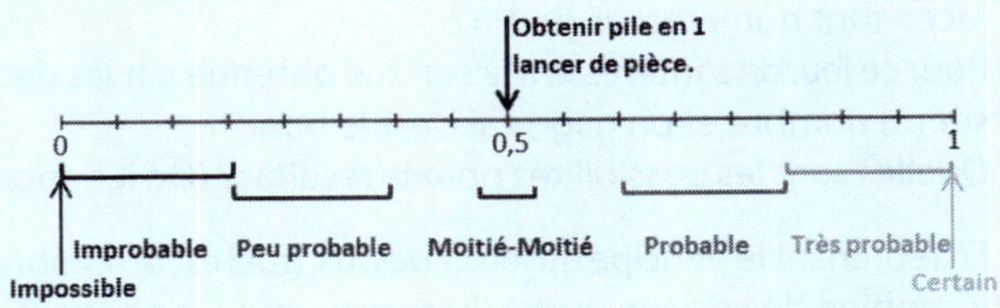

Niveau intermédiaire

Questions

1 On lance un dé cubique équilibré avec les faces numérotées de 1 à 6. Quelle est la probabilité d'obtenir un 5 en un lancer ?

2 Il y a une urne avec 4 boules bleues et 3 boules rouges. Les boules sont indiscernables au toucher (on ne peut pas les différencier au toucher). Quelle est la probabilité de tirer une boule rouge ?

3 Voici un jeu de loterie où il faut tourner une roue. Pour gagner il faut que la roue indique un secteur blanc.
Voici une réplique de la roue sachant que tous les secteurs sont égaux.
Quelle est la probabilité de gagner à ce jeu ?

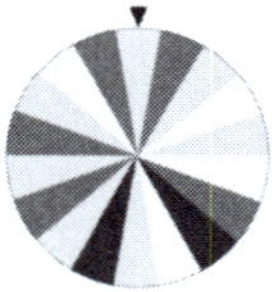

4 Voici un jeu avec deux pièces de monnaie ordinaires équilibrées.
Pour gagner il faut que les deux pièces tombent sur pile en un lancer.
Quelle est la probabilité de gagner ?

5 J'ai un dé bleu et un dé rouge. Les dés sont cubiques, équilibrés et les faces sont numérotées de 1 à 6.
Pour ce jeu, on s'intéresse à la somme obtenue par les deux dés. On mise sur un nombre et on gagne si c'est le bon.
Quelles sont les possibilités pour le résultat ? (On les appelle des issues).

6 En reprenant le principe du jeu ci-dessus, quel est le nombre total d'issues ? (Combien de combinaisons différentes peut-on avoir ?)
Pour plus de facilité, on peut faire un tableau à deux entrées avec le résultat de chaque dé et compter le nombre de résultats obtenus.

Niveau intermédiaire

Réponses

1 Avec un dé cubique équilibré dont les faces sont numérotées de 1 à 6, il y a une face avec le nombre 5. On a donc une chance sur 6 d'obtenir 5.

$$P_{obtenir5} = \frac{1}{6}$$

2 Les boules sont indiscernables, il y a 3 boules rouges et 7 boules en tout. On a donc 3 chances sur 7 de tirer une boule rouge.

$$P_{boule\ rouge} = \frac{\text{nombre de boules rouges}}{\text{nombre de boules total}} = \frac{3}{7}$$

3 Cette roue est partagée en 18 secteurs égaux.
Il y a 4 secteurs blancs et tous les autres sont colorés.
En tournant la roue, chaque secteur a autant de chance d'être sous le marqueur noir (le triangle noir).

$$P_{gagner} = P_{secteur\ blanc} = \frac{\text{nombre de secteurs blancs}}{\text{nombre de secteur total}}$$

$$P_{gagner} = \frac{4}{18} = \frac{2}{9}$$

4 Dans chaque pièce, il y a un côté pile et un côté face.
On a 4 possibilités pour le résultat : PF, FP, FF, PP en notant P pour pile et F pour face. La première lettre est celle de la première pièce et la seconde celle de la seconde pièce.

$$P_{gagner} = P_{PP} = \frac{1}{4} = 0,25\,.$$

5 Il faut la somme des deux dés, on peut donc avoir deux fois le 1 donc l'issue 2. On peut avoir 1 fois le 1 et une fois le 2 donc l'issue 3. On peut avoir une fois le 1 et une fois le 3 donc l'issue 4… En continuant avec ce principe, voici **les issues pour ce jeu : 2, 3, 4, 5, 6, 7, 8, 9, 10, 11 et 12.**

6 Voici le tableau des résultats :

Somme de deux dés		Dé rouge					
		1	2	3	4	5	6
Dé bleu	1	2	3	4	5	6	7
	2	3	4	5	6	7	8
	3	4	5	6	7	8	9
	4	5	6	7	8	9	10
	5	6	7	8	9	10	11
	6	7	8	9	10	11	12

On remarque donc qu'il y a 36 issues au total même s'il n'y a que 11 issues différentes.

Questions

7 En reprenant le jeu de la question 5, quelle est la probabilité d'obtenir 12 ?

8 En reprenant le jeu de la question 5, quelle est la probabilité d'obtenir 6 ?

9 En reprenant le jeu de la question 5, si vous voulez jouer à ce jeu, sur quel nombre devez-vous miser pour avoir le plus de chances de gagner en un seul lancer ?

10 Quelle est alors la probabilité de gagner à ce jeu si on choisit le nombre 7 ?

Niveau expert

Questions

1 On fait maintenant deux lancers d'un dé cubique équilibré. Les faces sont numérotées comme suit : 2, 4, 6, 8, 10 et 12.
On souhaite obtenir un 4 et un 6 dans n'importe quel ordre au bout des deux lancers.
Quelle est la probabilité de réussir ?

2 Voici une urne remplie de boules que l'on ne peut pas discerner au toucher. On s'intéresse à la couleur des boules.
Quelles sont les issues possibles si on tire une boule au hasard dans l'urne ?

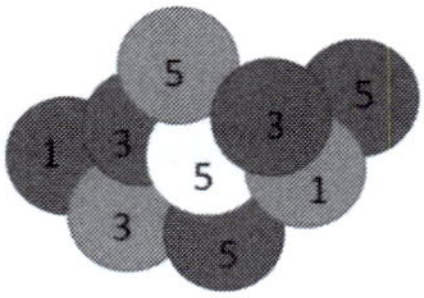

3 Concernant l'urne de la question 2, est-ce que l'événement, « tirer une boule avec un numéro impair » est certain ou impossible ?

4 Concernant l'urne de la question 2, est-ce que l'événement, « tirer une boule rouge » est certain ou impossible ?

5 Quelle est la probabilité d'un événement certain ?

6 Quelle est la probabilité d'un événement impossible ?

Réponses

7 $$P_{12} = \frac{\textit{nombre d'issues pour obtenir 12}}{\textit{nombre total d'issues}} = \frac{1}{36}$$

8 $$P_6 = \frac{\textit{nombre d'issues pour obtenir 6}}{\textit{nombre total d'issues}} = \frac{5}{36}$$

9 On remarque que le nombre qui apparaît le plus dans le tableau est le 7. **Pour avoir le plus de chances de gagner, il faut miser sur le 7 car on a 6 chances de l'obtenir.**

10 $$P_{nombre7} = \frac{\textit{nombre d'issues pour obtenir 7}}{\textit{nombre total d'issues}} = \frac{6}{36} = \frac{1}{6}$$

Niveau expert

Réponses

1 Pour réussir, on peut obtenir d'abord 4 et ensuite 6 ou d'abord 6 et ensuite 4. Il y a deux possibilités de réussite. Au total il y a 36 possibilités car à chaque nombre du premier lancer, il y a 6 possibilités pour le second lancer.

$$P_{réussir} = \frac{\textit{Nombre de possibilités de réussir}}{\textit{Nombre de possibilités au total}} = \frac{2}{36} = \frac{1}{18}$$

2 Dans cette urne, il y a 9 boules et ces boules ont 3 couleurs différentes. Elles sont numérotées par 1, 3 ou 5.
Si on ne considère que la couleur de la boule, on a donc 3 couleurs différentes, donc **3 issues possibles qui sont gris foncé, gris clair ou blanc.**

3 Si on considère uniquement les numéros des boules, on remarque que l'on peut tirer soit le 1, le 3 ou le 5. Ces trois nombres sont impairs donc **l'évènement est certain car quelle que soit la boule le numéro sera impair.**

4 On ne s'occupe maintenant que de la couleur des boules. Il y en a 3, blanc, gris clair et gris foncé. Il n'y a pas de boules de couleur rouge donc **l'événement est impossible.**

5 **La probabilité d'un événement certain est égale à 1.**

6 **La probabilité d'un événement impossible est égale à 0.**

Ce qu'il faut retenir

Une **expérience aléatoire** est une expérience dans laquelle intervient le hasard.
- On ne peut pas en prévoir le résultat à l'avance.
- On peut lister les différentes possibilités, que l'on appelle « issues ».
- Elle peut être répétée plusieurs fois dans les mêmes conditions.

Exemple :

On lance un dé à 6 faces équilibré et on observe le numéro inscrit sur la face du dessus.

Cette expérience aléatoire comporte 6 issues : 1 ; 2 ; 3 ; 4 ; 5 et 6, on ne peut pas prévoir quelle face sera obtenue et on peut répéter plusieurs fois l'expérience.

La **probabilité** d'une issue peut s'interpréter comme la proportion de chances d'obtenir cette issue lors d'une expérience aléatoire. C'est un nombre compris entre 0 et 1.

Exemple :

On lance un dé à 6 faces équilibré, on note A : « le nombre est pair ».

Il y a 3 issues possibles pour l'événement A : 2 ; 4 ou 6.

Il y a 6 issues au total (voir exemple précédent).

La probabilité de A est donc : $P(A) = \frac{3}{6} = \frac{1}{2} = 0{,}5$.

La probabilité d'obtenir un nombre pair avec un lancer de dé à 6 faces équilibré est 0,5.

On peut placer la probabilité d'un événement sur une échelle de probabilité quand nous ne connaissons pas toutes les données.

Notes

Chapitre 14

Algorithmique

Niveau basique

Questions

1 Que fera le lutin quand on exécutera le programme suivant ?

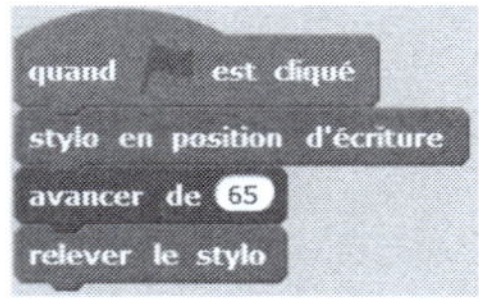

Ⓘ **Aide** : *Quel objet géométrique est tracé quand on a une longueur donnée ?*

2 Que veut dire l'instruction suivante ?

Ⓘ **Aide** : *pensez au repère.*

3 Que veut dire l'instruction suivante ?

Ⓘ **Aide** : *utilisez le regard.*

4 Avec les instructions suivantes, écrire un programme qui, quand le drapeau vert est cliqué, dessine un segment de longueur 85 pas vers le haut à partir du centre de la grille.

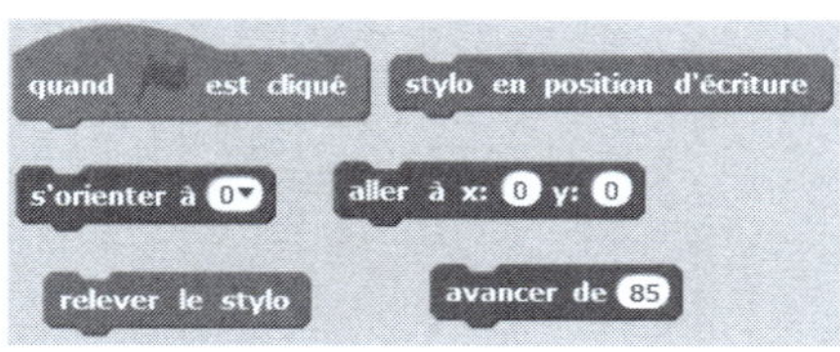

Ⓘ **Aide** : *voir questions précédentes.*

Niveau basique

Réponses

1 Ce programme est composé de 4 instructions.
Quand le drapeau vert du programme est cliqué, le stylo se met en position écriture donc il va tracer avec le lutin. Ensuite il avance de 65 pas, **c'est-à-dire qu'il va tracer un segment de longueur 65 pas** et ensuite relever le stylo.

2 Cette instruction est un placement. **Elle place de lutin à l'origine du repère** (l'axe des abscisses est x, et l'axe des ordonnées est y), **c'est-à-dire au centre de la grille.**

3 Cette instruction **décide vers où regarde le lutin**, c'est-à-dire vers où il s'oriente. À **90° il regarde vers la droite, 0° vers le haut, –90° vers la gauche et 180° vers le bas.**

4 Voici le programme qui, quand le drapeau vert est cliqué, trace un segment de 85 pas vers le haut à partir du centre de la grille.

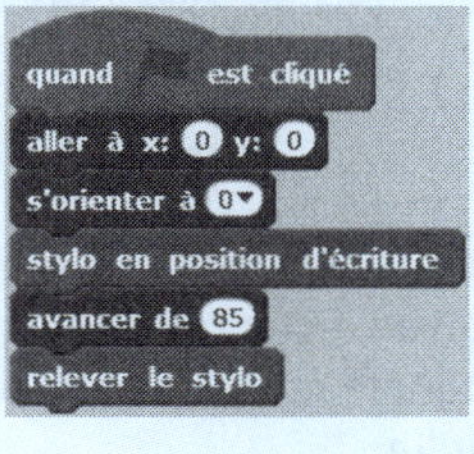

Niveau intermédiaire

Questions

1 Parmi les programmes suivants, lequel trace un triangle équilatéral ?

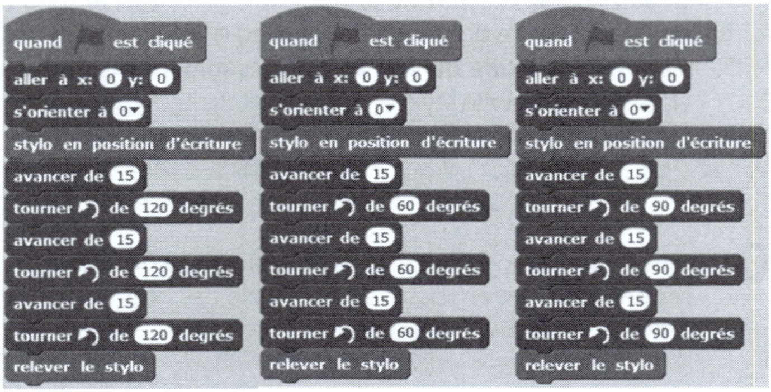

2 Quelle figure géométrique trace le programme suivant ?

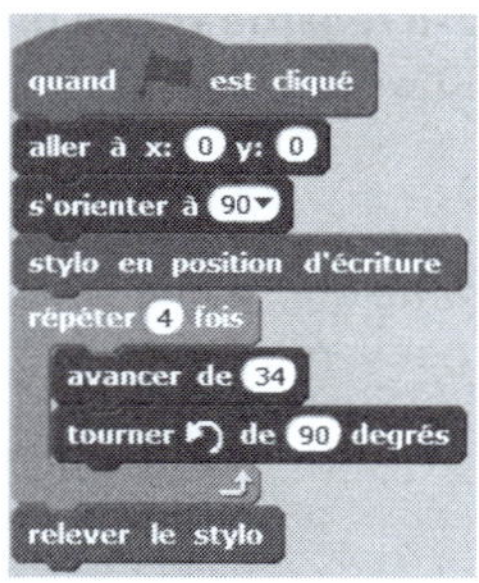

3 Avec les instructions ci-dessous, écrire un programme qui permet de faire tracer au lutin un rectangle de longueur 50 pas et de largeur 30 pas. Il faut que le rectangle repose sur sa largeur et que le lutin commence au centre de la grille.

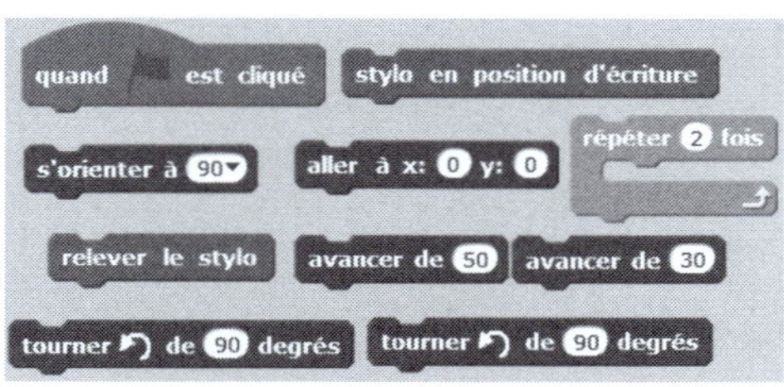

Niveau intermédiaire

Réponses

1 La première vérification à faire est que les longueurs soient égales. C'est le cas ici pour les 3 programmes. La seconde vérification est que les angles soient de même mesure. C'est le cas pour les 3 programmes. Il faut donc regarder les mesures des angles. L'angle de 90° ne va pas car dans un triangle équilatéral tous les angles mesurent 60°. Il faut choisir entre le 60° et le 120°. La bonne mesure est 120° car quand on démarre, le lutin regarde vers le haut et donc vers l'extérieur du triangle. Pour former un angle de 60° à l'intérieur du triangle, il faut donc tourner de 120° à l'extérieur. **Le programme qui convient est le premier.**

2 Le lutin est placé au centre de la grille au départ. Il regarde vers la droite. Ensuite il répète 4 fois deux instructions : avancer de 34 pas et tourner vers la gauche de 90°. On aura donc 4 segments de même longueur et 4 angles de 90°.
Ainsi le programme va tracer un carré de côté 34 pas.

3 Voici le programme assemblé :

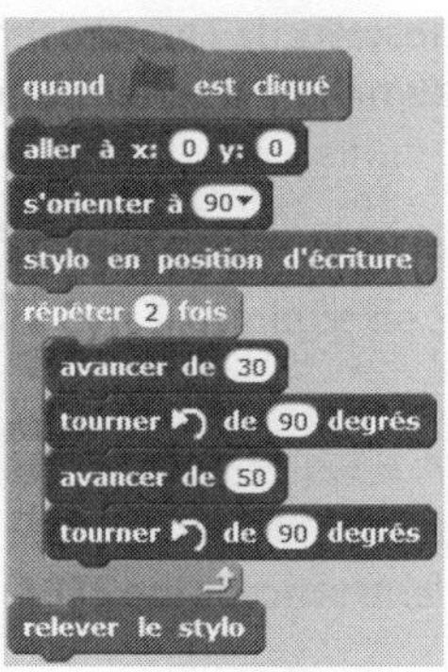

Questions

4 En utilisant la boucle « répéter », construire un programme qui permet au lutin de tracer un triangle équilatéral de 100 pas de côté. Le lutin part du centre de la grille et commence par aller vers le haut.

5 Créer un programme qui demande deux nombres, a et b, à l'utilisateur et qui affiche le produit de ces deux nombres pendant 5 secondes.

6 Créer un programme en expliquant le jeu suivant :
L'utilisateur entre un nombre entre 1 et 100, l'ordinateur choisit un nombre entre 1 et 100, si le nombre de l'utilisateur est strictement plus grand alors il gagne. Faire apparaître le message de conclusion pendant 3 secondes.

7 Voici un bloc qui construit une marche d'escalier. Terminer le programme pour construire un escalier de 7 marches en partant du point de coordonnées (–300 ; –200) et terminer avec un segment horizontal.

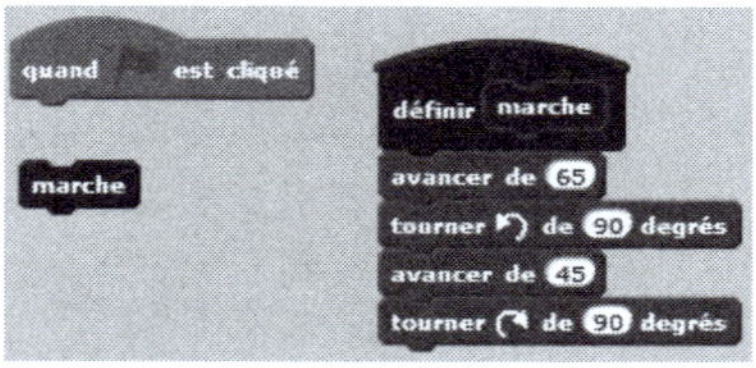

Réponses

4 Voici le programme demandé :

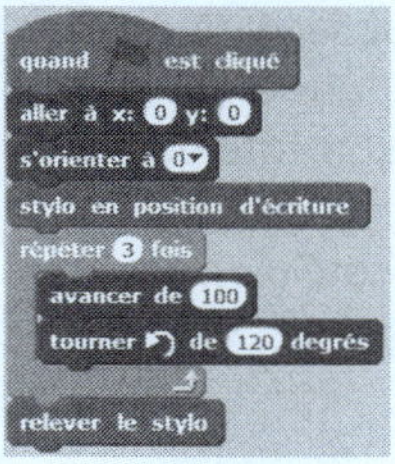

5 Voici le programme demandé :

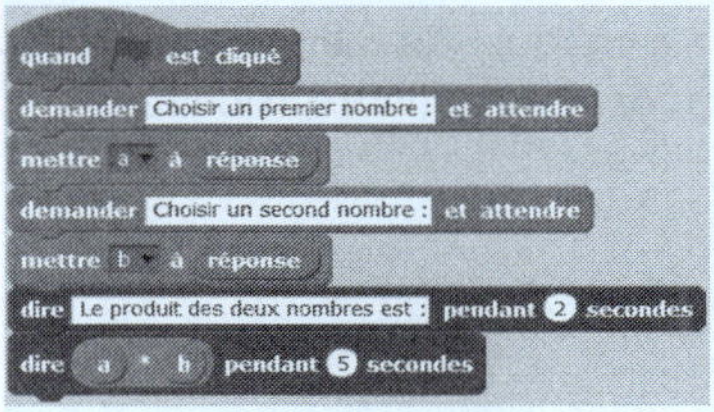

6 Voici un programme qui correspond à l'énoncé :

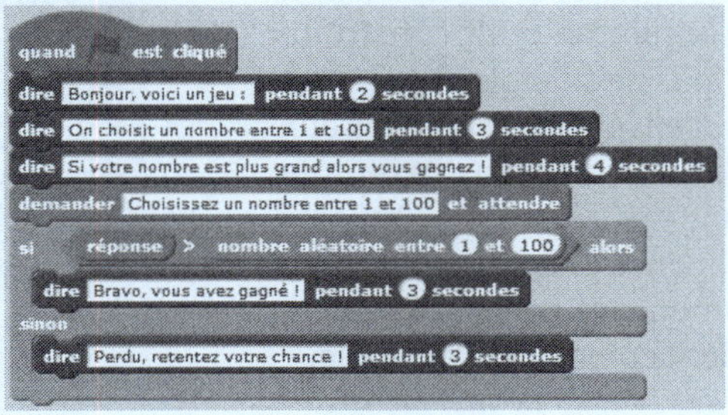

7 Le bloc marche termine par un segment vertical. Il faut donc finir le programme en rajoutant à la fin une instruction avancer de 65 pas. Voici un programme :

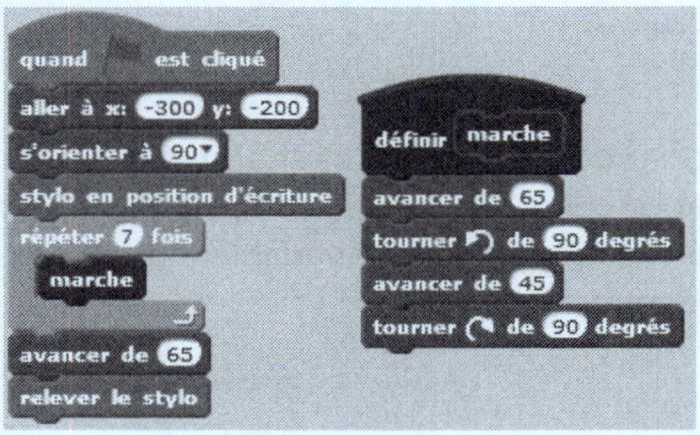

Questions

8 En créant une variable « longueur », écrire un programme pour reproduire le dessin ci-dessous sachant qu'il est composé de :

- 10 carrés qui ont un sommet en commun
- Chaque carré a son côté qui est augmenté de 10 pas par rapport au précédent.
- La longueur du côté du premier carré est 10 pas.

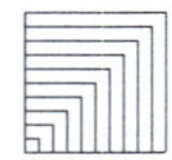

9 En reprenant les instructions de la question 8, modifier le programme obtenu en définissant un bloc « carré » qui construit le carré de côté « longueur » à chaque fois. Le programme aura donc une seule boucle « répéter » pour une meilleure lisibilité.

10 Voici un début de programme et deux blocs de motifs. Compléter le programme pour construire une frise de triangles à l'endroit et en l'envers les uns collés aux autres comme dans l'exemple ci-contre : 
Faire construire 20 triangles en commençant par un triangle à l'endroit comme sur l'exemple.

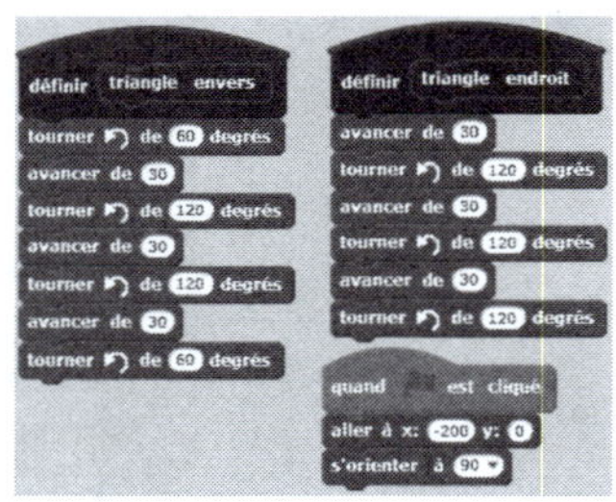

Niveau expert

Questions

1 Créer un programme qui fait choisir au lutin un nombre entre 0 et 1. Répéter ce choix 100 fois en comptant le nombre de zéros et de uns obtenus. Faire apparaître les variables « nb zeros » et « nb uns » sur l'écran comme ceci :

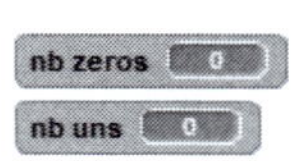

Réponses

8 On initialise la longueur à 10 car c'est la longueur du côté du premier carré (le plus petit). La boucle « **répéter 4 fois** » sert à construire chaque carré de côté « **longueur** » pas (au début 10 pas). L'instruction « **ajouter à longueur 10** » augmente la longueur du côté de 10 pas avant de faire le carré suivant. La boucle « **répéter 10 fois** » sert à construire les **10 carrés successifs**.

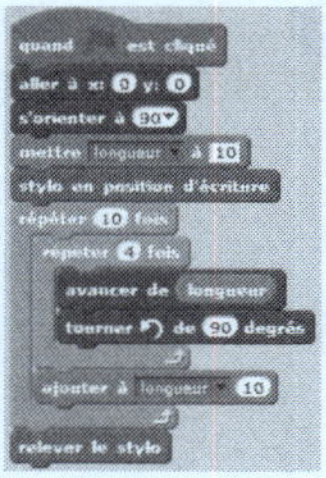

9 En utilisant les blocs, si on ne connaît pas la figure tracée, on remarque rapidement qu'elle est composée de 10 carrés et que la longueur du côté augmente de 10 à chaque fois.

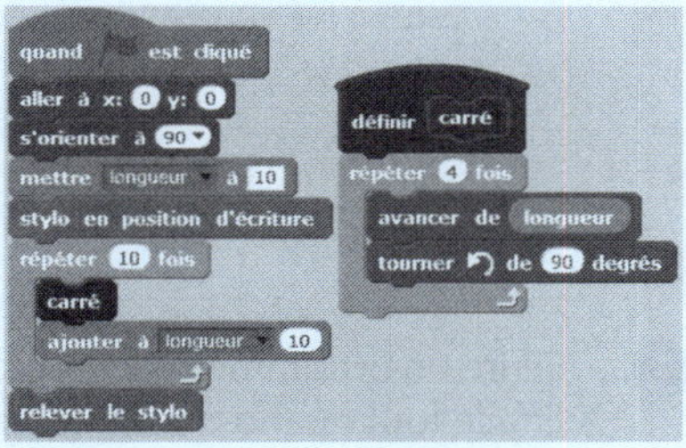

10 Pour pouvoir coller un « **triangle envers** » à la suite d'un « **triangle endroit** », il faut mettre une instruction entre la construction des deux triangles. Il faut donc avancer de la longueur du côté du triangle donc 30 pas. Pour construire 20 triangles, il faut répéter 10 fois la construction des deux triangles collés formés au départ. Voici un programme :

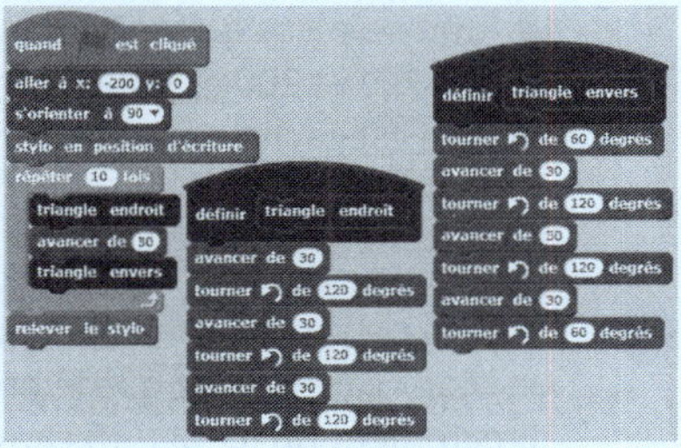

Niveau expert

Réponses

1 Voici un programme qui répond à l'énoncé :

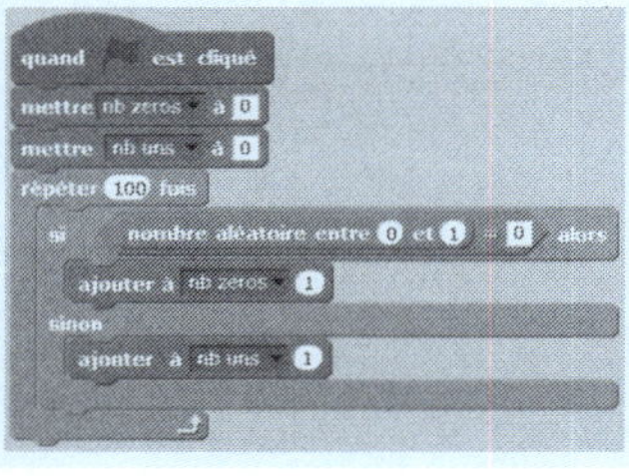

Questions

2 Créer un programme qui permet de construire un parallélogramme en demandant à l'utilisateur les longueurs de deux côtés consécutifs et l'angle adjacent à ces côtés.

3 Écrire un programme qui regroupe les conditions suivantes :
Efface tout quand on clique sur le drapeau vert,
Trace aléatoirement 15 carrés de taille et couleur aléatoires sur la grille quand la touche espace est pressée,
Le lutin se place aléatoirement sur la grille pour chaque carré : pour x entre –200 et 200 et pour y entre –150 et 150,
Le lutin est caché pour ne montrer que les dessins.

4 Modifier le programme de la question précédente pour faire apparaître un bloc « carré » pour que le programme soit plus lisible et que l'on voit directement qu'il trace 15 carrés aléatoirement.

2 Voici un programme qui répond à l'énoncé :

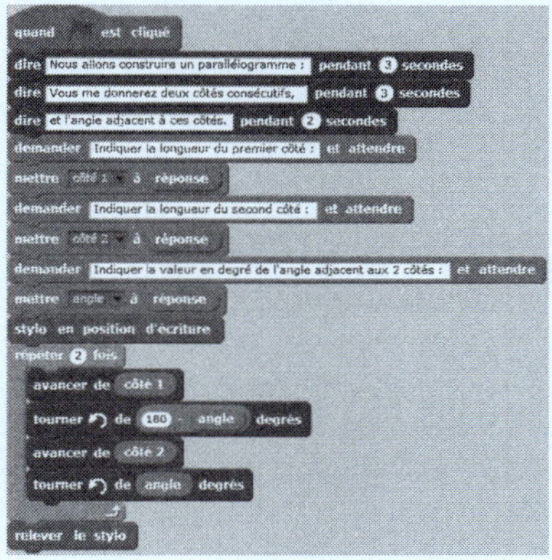

3 Voici un programme qui répond à l'énoncé :

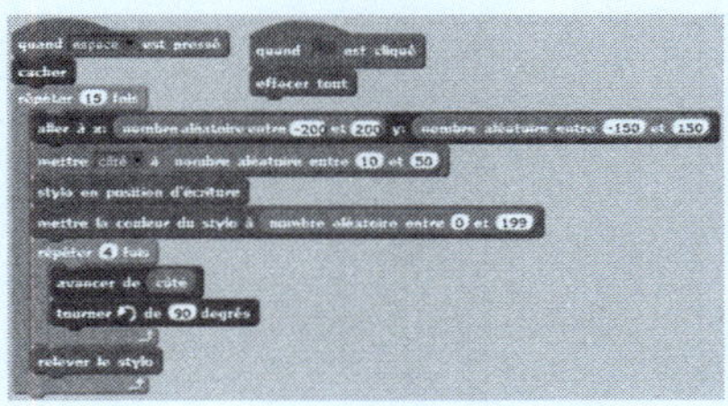

4 Voici le programme modifié :

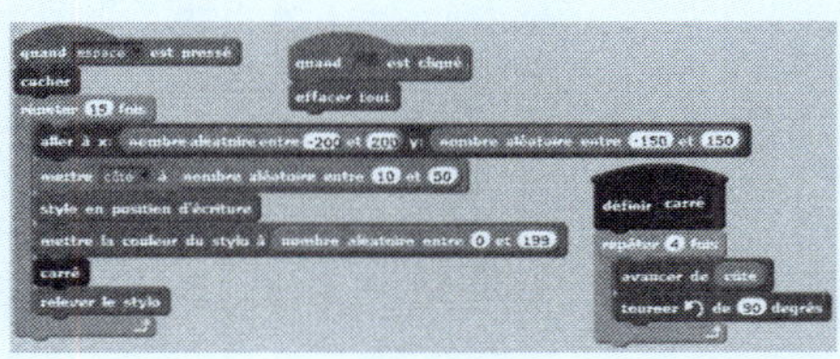

Conclusion

La mémorisation active réalisée à l'aide de cet ouvrage permet d'aborder plus sereinement vos évaluations. Cette première étape de mémorisation peut être qualifiée **d'ancrage mnésique.** Comme **il faut savoir pour apprendre**, vous avez franchi la première étape importante pour vous mettre en situation de réussite.

Ne négligez pas pour autant vos cours qui donnent du sens à ces connaissances en les mettant en relation (on parle de **consolidation mnésique**) et vous permettent l'acquisition des compétences exigibles.

Si on vous demandait de vous souvenir (après ne l'avoir lu qu'une seule fois) de huit chiffres et une lettre 3, 1, 0, 5, 2, 0, J, 0, 1 : la tâche vous paraîtrait peut-être ardue. Par contre, si on vous demande de vous souvenir du Jeudi 31 mai 2001, la mémorisation vous paraît plus facile. Pourtant ce sont les mêmes informations mais elles ne prennent du sens pour vous, que dans le deuxième exemple.

Le **schéma bilan,** la **carte mentale ou la carte conceptuelle** sont des outils puissants de **mise en relation des connaissances**. Créez-les ou adaptez-les pour les personnaliser, ils faciliteront votre mémorisation et donc votre compréhension.

Enfin répétez vos fiches de mémorisation, d'abord assez fréquemment puis en espaçant progressivement les répétitions (**apprentissage expansé**). L'idéal serait de revoir les fiches des chapitres traités après 1 jour, 3 jours, 1 semaine, 2 semaines, 4 semaines, 8 semaines, 16 semaines. Chaque révision devrait alors devenir de plus en plus complète mais surtout de plus en plus facile (**économie cognitive**).

Cet ouvrage a été achevé d'imprimer en octobre 2021
dans les ateliers de Normandie Roto Impression s.a.s.
61250 Lonrai (Orne)
N° d'imprimeur : 2104362
Dépôt légal : octobre 2021

Imprimé en France